Hushan Gaoxing

湖山高興

咏杭诗词三百首

斯舜威 | 著

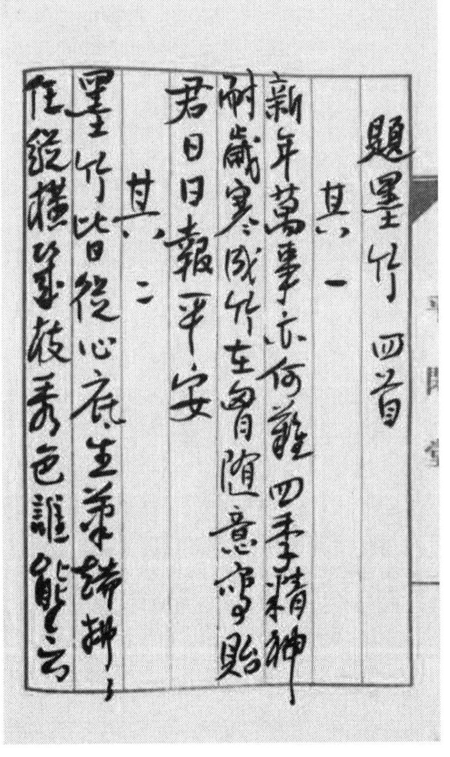

題墨竹 四首

其一

新年萬事亦何難 四季精神耐歲寒 成竹在胸隨意寫 贈君日日報平安

其二

墨竹皆從心底生 筆端拂拂任縱橫 信筆放 秀色誰能云云

斯舜威诗词手稿一

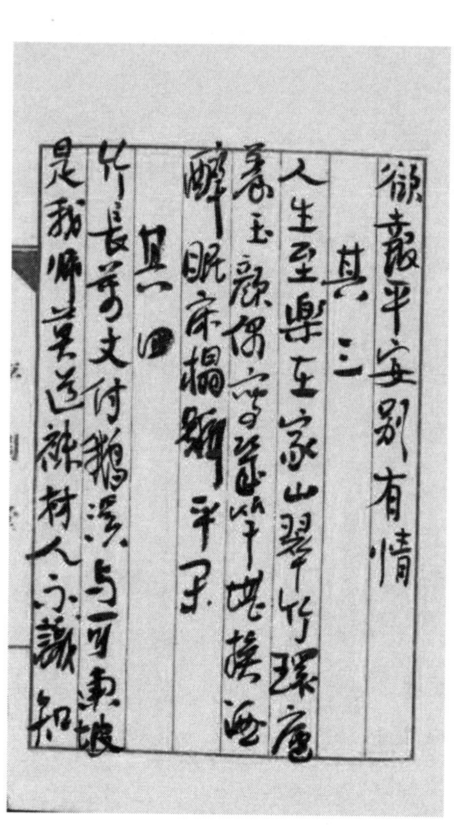
欲報平安別有情

其三

人生至樂在家山，翠竹環廬

[illegible]

[illegible]

其四

竹長[illegible]文付鵝溪，與可東坡

是我[illegible]人識知

斯舜威诗词手稿二

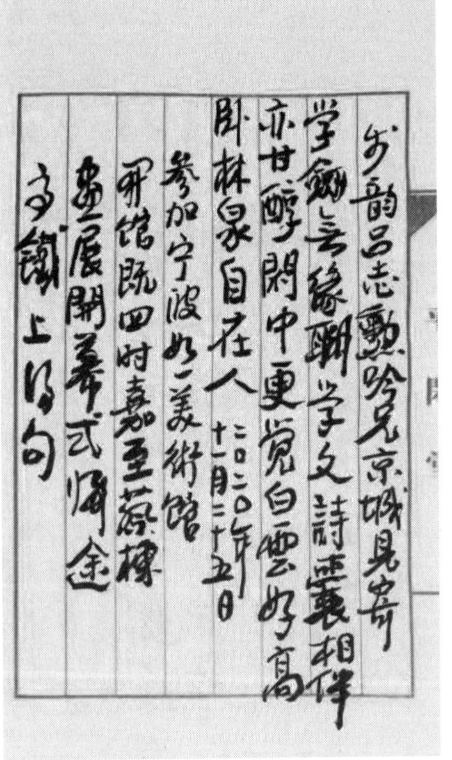

步韵吕志勤吟兄京城见寄

学剑无缘聊学文，诗囊相伴亦甘醇。闲中更觉白云好，高卧林泉自在人。

二〇二〇年十二月二十五日

参加宁波如一美术馆开馆暨四时嘉至蔡樽画展开幕式归途马鞍上得句

斯舜威诗词手稿三

如如丹青真一如画船载酒
泛波初心时变幻皆嘉画浓
墨听琴意有馀 二〇二〇年十二月二十二日

西溪观音精舍
觉苑雅集随吟
闻道西溪远俗尘观音精舍
更清新寻常野水三摩地
涤尘俱为自在人 二〇二〇年十二月二十二日

斯舜威诗词手稿四

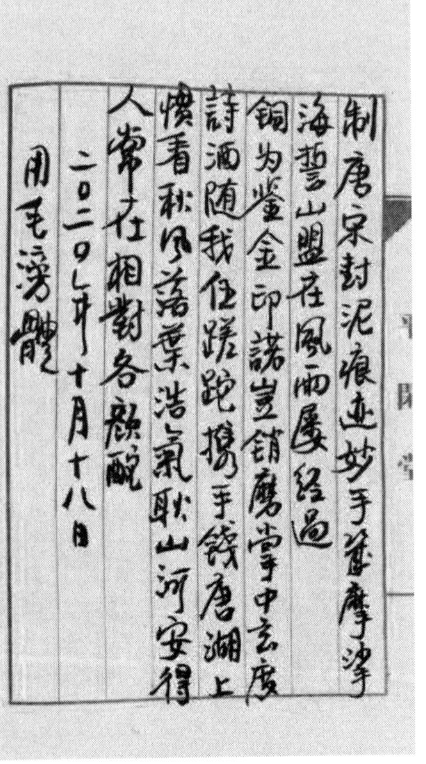

制唐宋封泥痕迹妙手常摩挲
海誓山盟在風雨屢經過
銅为鑒金印諾豈銷磨掌中玄度
詩酒隨我任蹉跎攜手錢唐湖上
慣看秋風落葉浩氣耿山河安得
人常在相對各顏酡
二〇二〇年十月十八日
用毛滂體

斯舜威诗词手稿五

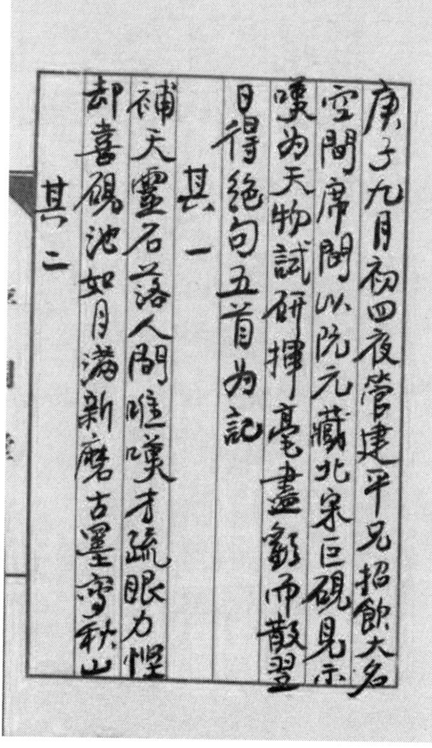

庚子九月初四夜管建平兄招飲大名
空間席間以阮元藏北宋巨硯見示
嘆为天物試研揮毫盡觴而散翌
日得絶句五首为記

其一

補天靈石落人間唯嘆才疏眼力慳
却喜硯池如月滿新磨古墨寫秋山

其二

斯舜威诗词手稿六

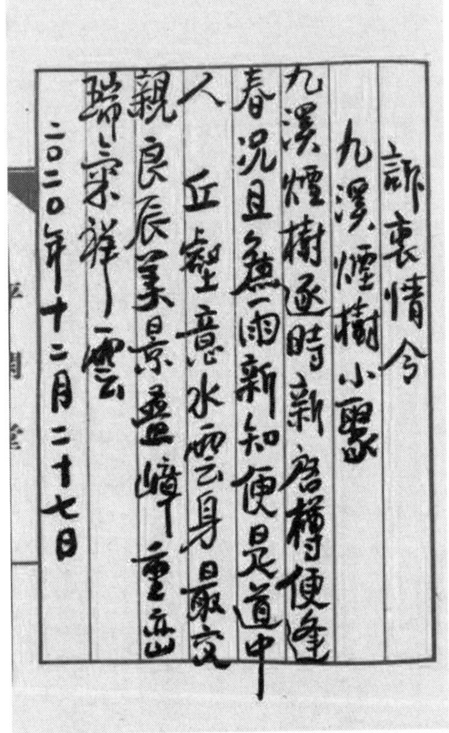
訴衷情令

九溪煙樹小聚

九溪煙樹逐時新，啓樽便逢春。況且舊雨新知，便是道中人。

丘壑意，水雲身，最交親。良辰美景，疊嶂重巒，踏踏采祥雲。

二〇二〇年十二月二十七日

斯舜威诗词手稿七

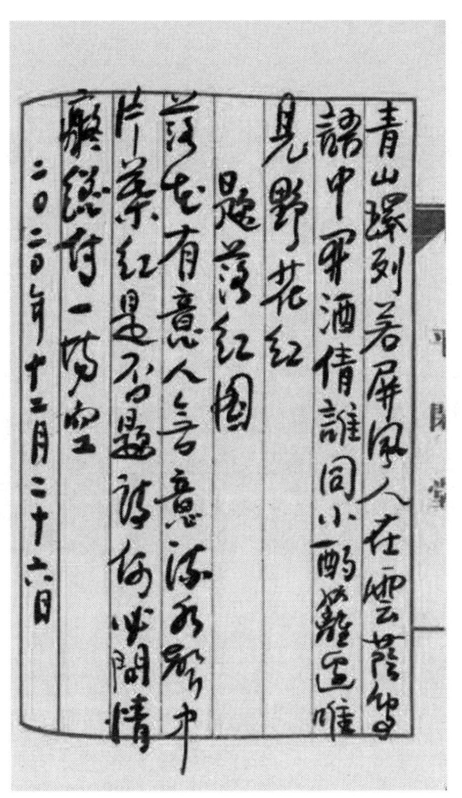

青山環列若屏風人在煙雲叢中
醉中罰酒倩誰同小酌難逢唯
見野花紅

題落紅圖

落花有意人無意流水聲中
片葉紅是不曾題詩何必問情
癡總付一場空

二〇一〇年十二月二十六日

斯舜威诗词手稿八

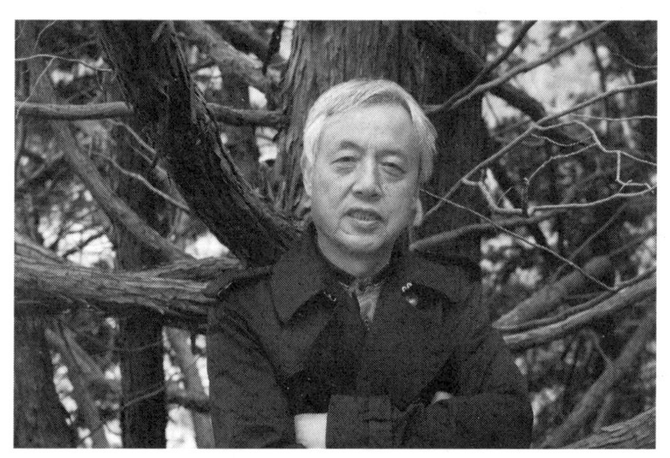

斯舜威

1957年出生，浙江诸暨人，诗人、评论家、书法家。曾任《美术报》总编辑、浙江美术馆馆长、浙江省书法家协会副主席，系国家一级美术师、中国艺术研究院中国书法院研究员、中国书法家协会会员、中国美术家协会会员、中国作家协会会员、中国艺术评论家协会会员。现为浙江省书法家协会顾问、兰亭书法社顾问。曾出版《中国当代美术三十年（1978—2008）》《百年画坛钩沉》《随性论书》《书法矛盾之美》《书法意象之美》等二十余种书画专业著作。开辟个人公众号“吾国斯文”“诗酒此生”，粉丝众多。

序言

湖山养我缘前定，我写湖山一世情

◎ 斯舜威

对生活在杭州的人来说，特别是文人墨客，“湖山”二字有着特殊的含义，不仅仅指自然的山水，更是精神家园，心灵的栖息地。古往今来，无数文人墨客流连于此，留下数不尽的绝妙诗文。“湖山”的文化积淀非常深厚。有一定地位的文人，莫不以“西湖长”“管领湖山”为己任。白居易、苏轼、杨孟瑛分别担任杭州行政长官，为疏浚西湖做出巨大贡献，留下了白堤、苏堤、杨公堤，他们是当之无愧的“西湖长”。阮元也曾主政浙江，也以“西湖长”自许。他在《春日漪园即事》中感慨：“我虽久作西湖长，那得闲如小院僧。”

能够担当“西湖长”的自然只是极少一部分人，但是，文人们到了西湖，那心情，总会被“风吹皱一池春水”，没来由地荡漾起来，想要抒发一点感慨。郁达夫说得很直白：“楼外楼头雨似酥，淡妆西子比西湖。江山也要文人捧，堤柳而今尚姓苏。”“江山也要文人捧”是从袁枚的“江山也要伟人扶”化出来的。这里的“江山”，也是特指西湖山水。袁枚《谒岳王墓》云：“江山也要伟人扶，神化丹青即画图。赖有岳于双少保，人间才觉重西湖。”其实，岂止岳飞和于谦，足以和岳飞、于谦比肩而分得湖山一席的还有张煌言（苍水），他起兵反清二十多年，最终被捕，坚贞不屈，被押往杭州，行刑前，从容地望了一眼湖山，感慨道：“好山色！”这三位英雄都是诗人，都长眠于西子湖畔，阐释着“人与湖山”的相辅相成的关系。

西湖的历代名人实在太多了，几无后人的立锥之地。然而，不管是什么人，都可以在自己的心中，安顿好西湖的位置。一句话，你别指望“西湖有你”，而必须做到“你有西湖”。其实，“长”湖山也好，“管领”湖山也好，“捧”湖山也好，“扶”湖山也好，都是人的一种良好的自我感觉，在人与自然的对应关系中，把人的主观能动性放大了。湖山原本就在那里，一直就在那里，哪里用得着人去“长”、去“管”、去“捧”、去“扶”？倒是人从湖山那里享受到无穷的美感，汲取无尽的营养，得益者是人，而不是湖山。所以说，“湖山养我”这是第一位的，而后才是“我写湖山”。

尤其对我辈普通文人来说，一生中能够得到湖山的滋养，深感三生有幸，内心想的，只是与湖山为邻，与湖山为伴，在有限度的时间里与湖山朝夕相处。我从1995年底调到杭州，原工作单位在体育场路，20楼的办公室，特别是27楼的餐厅，天气好的时候，可以远眺钱塘江和西湖，所以我一度自号“观江湖楼”。2009年调到浙江美术馆，就在西湖边上，离西湖只隔一条南山路，休息时散步，随时可以去湖边，欣赏美景，相看两不厌。这是一段非常美好的时光。这段时期，也是我全力转向艺术评论，诗歌创作和书法创作的时期，更是频频参与各种雅聚的时期。我较早的词作中有一首《行香子·皇觅楼雅聚》，是一次难忘的记忆。这次雅聚商定成立兰亭书法社，此后诗友、书友们流连于湖山，经常雅聚交流，诗歌创作也日渐多了起来。诗集中“雅聚”的题材比较多，这也是自在情理之中的总结。杭州这么美丽的湖山，文人墨客时不时聚一聚，喝点小酒，吟诗作画，也是一种风雅。

出版《湖山高兴：咏杭诗词三百首》，是在进入2021年后的“灵机一动”。新年伊始，我整理了从2011年以来的诗稿，总计有2700多首，出版社的朋友去年就邀请我精选一部分出一本自选集，但自己“精选”，敝帚自珍，难度还是不小的。如果把范围集中到与吟哦杭州有关的，范围就小了，容易实施，而且，也方便今后举办小型的自作诗词书法展览。于是，说干就干，很快就整理出这本诗集。所谓“吟杭”，包括三方面内容：一是直接描写杭州的湖光山色的，如《西湖四时诗》《钱塘江观潮》《南宋三咏》等；二是有关湖畔雅聚的；三是在杭州举办相关书画艺术活动的。自然，还包括与部分诗友的唱和，包括在杭州工作与生活的一些心灵痕迹。

这些年，我努力践行“文人书法”，曾经和张瑞田一起举办文人手札巡回展、联袂开辟“文人书法”专栏，赢得了“南斯北张”的浮名。我心目中的“文人书法”是书法的日常生活化，我把每一首诗词都写成诗笺、诗稿，2020年写诗五百多首，诗稿写了7本，与友人的通信也用手札，在美术馆当馆长时，工作日志也用毛笔书写。同时，信奉“诗即生活，生活即诗”，把写诗填词日常化，也就是蔡世平先生所提倡的“写出活态的诗”。翁方纲感叹：“空山独立始大悟，世间无物非草书。”杜少陵则云：“此身饮罢无归处，独立苍茫自咏诗。”诗人和书家、诗和书，原本就是相通的。想当年，年过八旬的吴昌硕特地送了一副篆书对联“天惊地怪见落笔，巷语街谈总入诗”给潘天寿，也是意味深长的：一则强调了笔墨和诗歌的关系，二则说明诗要接地气，寻常生活都可以入诗。

我觉得，诗和书法的结合，应该就是“文人书法”的重要组成部分。大凡卓有成就的书画大家，无一不把诗放在重要位置，齐白石、林散之、白蕉等都称自己“诗第一”。“万山青拥一诗人”的陆维钊，首先是诗人，而且他深为自己以“书法名世”而痛苦，临终前不止一次对子女和弟子说：“一事无成，一事无成啊，没想到最终落了个书画家的下场。”据说溥心畬曾说：“画不用多学，诗作好了，画自然会好。”我理解这并不是否定书画技巧的重要，而是强调学养的神妙。在中国的文化语境中，“诗”不仅仅是诗，而是学养、修养的代名词。

曾经有朋友说：你写那么多诗干什么？应该少而精。我听了哈哈大笑。无论书画家，还是诗人，谁不想“精”？但是，如果没有一定的“量”，“精”从何而来？就如同“拳不离手，曲不离口”，就如同书画家需要天天动笔墨，诗人也应该有一种密集型的“训练”，做到能够“脱口而出”。至于能不能写出“精品”，一靠天分，二靠勤奋，三靠机缘。用一句通俗的话来说就是“几分靠打拼，几分靠天定”。

更何况，写诗纯属兴趣爱好，与“名利”二字离得较远。要靠几首旧体诗“天下扬名”，近乎天方夜谭。对书法家而言，当代人“诗笺”“诗稿”的“含金量”是最低的，要论卖钱，你随便龙飞凤舞写一幅书法，也比小小的“诗笺”“诗稿”更能“起价”。然而，一旦诗人陷于“名利”二字，就不可能成为纯粹的诗人了。诗的味道也就已经变味。

我迄今在杭州工作、生活了整整 25 年，我深感杭州是一座最适合诗意生活的城市，能够让人宁静下来，沉淀下来，不管在什么情况下，都能感受到生活中最美好的部分。生活中难免会受到一些不公和委屈，到西湖边走一圈，你就会感到释然、超然、坦然。在内心，我是以“江南文人”自许的，深感“湖山养我”是缘分，“我写湖山”是应分。我有两个公众号，一个叫“吾国斯文”，一个叫“诗酒此生”，能够一生与诗酒相伴，真快意事也。这本诗集，记录了10年间我的心痕墨迹，就权作我回馈给杭州的一份小小的礼物吧！“湖山养我缘前定，我写湖山一世情”，这“缘”，这“情”，都还将继续下去。这三百首“吟杭”诗词仅仅是开篇，我自信还能写出更多、更好的“吟杭”诗篇来，同时，也藉此求教于各位方家。

最后，吟诗两首作结：

一

独爱吟哦耽一癖，江山无物不成诗。
感君赏会我心领，且向寒林觅瘦枝。

二

吟稿杀青犹未安，作诗容易改诗难。
呕心唯恐无人识，拙句谁能仔细看。

2021年1月20日（庚子腊八、大寒）

目录

五绝

五律

七　绝

七　律

古　体

词

五绝

次韵友人见寄

闲来颇好道，心往玉京游。
中隐居都市，湖山可枕流。

2014 年 2 月 21 日晨于湖畔

有蝉避台风附阳台兰叶下

高台甘露湿，兰叶雨中清。
佳客悄然至，风条自不鸣。

2015 年 7 月 11 日

自注：风条句，古人认为和风轻拂，树枝不发出声响是贤者在位天下大治时出现的自然景象。因以“风不鸣条”喻社会安定，世事太平。

湖上咏雪

一

晚雪映窗明，天花忽若惊。
丰年应有兆，温酒喜相迎。

二

玉鉴万千亩，乾坤混太清。
楼台银砌就，夜读到平明。

三

飞絮漫天白，银缸夜半红。
江南连塞北，万里雪交融。

四

六出纵横舞，凝寒天地清。
风姿窗外竹，折节影犹明。

五

苏堤与白堤，风疾乱枝啼。
积雪倩谁写，鸿痕落印泥。

六

浅雪见沙痕，行行欲断魂。
杏花村酒近，一醉忘晨昏。

2016年1月24日

戊戌小寒夜水南半隐兰社雅聚

一

水南寒夜聚，小醉踏歌归。
雅集千杯酒，湖边雪满衣。

二

茅台吾最爱，未醉莫言归。
福字写千幅，龙蛇舞我衣。

2019 年 1 月 5 日

寄内

一

海上梦中月，潮回好暖风。
帆归鸣雁远，迹影任西东。

二

醉人共月明，细浪白鸥轻。
水接云天暮，静虚神气清。

2020 年 2 月 2 日

五律

一月三日自诸暨驱车返杭，天暮欲雪，接明庐先生公历元旦灵隐山居遣兴题画梅赠月真和尚。是夜大雪，凌晨披衣而起，浮想联翩，因步原韵和之

雪眼明三界，琼瑶满上林。
写经祈永福，举笔代华簪。
寺寂犹鸣磬，云凝自苦吟。
春踪何处觅，独夜抚清琴。

2013 年 1 月 4 日凌晨于润园雪窗

步韵奉和加元吟兄造访杭州国画院

湖山楼阁古，墨客入闲房。
座上新茶嫩，窗边栀子香。
画成称妙笔，兴起奉清觞。
吴越风骚地，文人云水乡。

2013年7月15日

附陈加元原玉造访杭州国画院呈明庐先生教正

结庐临闹市，雅静若山房。
庭纳书生气，家藏翰墨香。
此中多逸趣，谁与共流觞。
妙笔生花处，焉然画故乡。

癸巳七夕前七日雅聚

秋临暑未消，凌阁耸烟霄。
倚马千言就，仁风万里招。
金门倾契阔，贤彦聚琼瑶。
七夕眼前事，同看喜鹊桥。

2013年8月8日

读友人西湖吟得安字

江南佳丽地，难得是临安。
环碧湖光静，行歌舞袖宽。
迹留三岛鹤，气郁九溪兰。
踯躅孤山道，松风夜月寒。

2013 年 12 月 4 日晚于清风明月楼

大寒前日金门女弟子伉俪探望明庐余亦陪坐

邀月共芳樽，挑灯语尚温。
怀恩诚淑女，祝颂赖金门。
高兴书佳妙，微醺意默存。
小楼寒未至，墨色动乾坤。

2014 年 1 月 20 日

酬楼炳文兄咏钱江明月图

半醉登楼望，清澄天地同。
难忘书映雪，更待笑春风，
老子游关外，英雄入彀中。
江湖吾倦矣，俗世太倥匆。

2014 年 2 月 12 日晚于清风明月楼

附楼炳文原玉昨晚舜威兄发来钱江明月图

雪霁吴山寂，天涯此刻同。
月悬般若印，江列快哉风。
今古久观罢，盈虚一笑中。
已知春欲至，南国莫匆匆。

甲午春分

湖山回暖气，春色一朝分。
花影融融日，风行淡淡云。
开怀深吐纳，独步任喧纷。
梭织抛何疾，莺声不忍闻。

2014 年 3 月 21 日于西子湖畔

参加杭州市首届读书节读者见面会暨拙著读庄笔记签名活动

都市亦山林，长闻泉石音。
斯人元浅陋，庄子自高深。
物外逍遥客，红尘草木心。
粉丝何处得，开卷可追寻。

2015 年 4 月 26 日于清风明月楼

丙申春分润园晨行万步
晚上般若精舍小酌

两气孰相争，平明疾步行。
花香蜂蝶舞，酒熟友朋盈。
江色连天绿，林风夹道清。
心能容万物，腿健觉身轻。

2016 年 3 月 20 日于润园清风明月楼

次韵王冕丁酉岁元日九里山中

山居分外静，晓起已知晴。
秃笔临真帖，清樽醉太平。
才周花甲子，又返暨阳城。
名利皆堪掷，独怜翰墨情。

2017年1月28日

附王冕《丁酉岁元日九里山中》

授时无历日，献岁喜天晴。
道路何艰阻，山林似太平。
梅香清海国，柳色上江城。
且喜兰台近，疲民稍慰情。

自注：这首诗王冕作于元至正丁酉（1357）年，迄今660年矣。

晨起推窗见雪读加元吟兄
腊八雪得门字

待君良已久，今日始盈门。
瑞气湖山聚，银光玉树存。
有缘参议政，无意对芳樽。
最喜登高处，钱潮势若奔。

2018 年 1 月 25 日于玉皇山庄

步堂觉苑雅集画舫急就次韵

清波开岸柳，花醉一江春。
分韵原无俗，拈毫别有神。
诗书良足惜，琴瑟倍堪珍。
载酒同邀月，疑为出世人。

2019 年 4 月 27 日

七绝

辛卯立冬前两日荪壁山房雅聚

苏壁清幽月满廊，鹤鸣转觉墨龙狂。
梅郎一曲惊山岳，动静尤宜乐寿长。

2011年11月6日

自注：诸君各题鹤字，席间有人唱京剧，王冬龄老师题写“动静乐寿”。

兰社成立感怀

缘结兰亭蕙苑东，湖光略与会稽同。
西泠相伴双峰下，兰社千年续雅风。

2011 年 12 月 31 日

自注：兰社，兰亭书法社，王冬龄先生为社长，时我任副社长兼秘书长。

辛卯小寒后两日荪壁山房雅聚

一

初冬荪壁雨微凉，墨卷徐舒茗尔堂。
斗酒开怀心一暖，闻君语重意偏长。

二

落座先教撤画屏，开帘满目水云清。
湖山养我缘前定，我写湖山一世情。

2012 年 1 月 8 日

惊闻黄苗子先生仙逝

小引：1月10日凌晨，闻北京书友报百岁文化老人黄苗子先生1月8日去世。忽忆2004年10月12日杭州举行“相约西子湖”活动，黄苗子先生和郁风先生联袂而至，我主持“美术中的文学”论坛。午宴设“山外山”，又和黄、郁二位左右毗邻，席间谈及郁达夫艺术人生，非常投缘。这一切恍如眼前。稍后起床，吟成一绝，以志缅怀之情云尔。

当年山外识仙翁，谈笑真如白发童。
相约西湖天地久，春风岁岁唤黄公。

2012年1月10日

辛卯腊月二十四日兰社诸君雅聚西子湖畔向海外侨胞书法网络拜年同书龙腾四海条幅慨然有作

行锋宛若出渊龙，体不相同气韵通。
湖畔迎春飞翰墨，波横四海又东风。

2012年1月18日凌晨

新南腔北调集出版寄瑞田兄

一

开栏岂在博虚名，辣手文章自一鸣。
历久方知肝胆照，痴顽南北两书生。

二

惆怅东栏谁与论，襟怀冰雪写乾坤。
无分南北共双戟，心迹殷殷化墨痕。

2013年2月2日

自注：《新南腔北调集》系我和瑞田兄在《书法报》开辟“老斯说话”“瑞田观点”专栏五年汇编。我们曾策划“心迹·墨痕”文人手札展在全国巡展。

与书友湘湖泛舟

湘浦寻芳何限情，山环碧翠画中行。
跨湖独木舟犹在，夕照金波眼暂明。

2013 年 4 月 21 日舟中口占

访韬光寺月真大和尚，步李涉题鹤林寺僧舍韵有作

放眼湖光雨色间，浮云散尽见青山。
高僧笑谓吃茶去，一启禅关顿觉闲。

2013年6月1日于松啸堂

电影《天机》剧组赠浙江美术馆《新富春山居图》十二尊人体雕塑，现场口占

人生最合富春居，卜隐挥毫得自如。
一卷烟云分两地，化为十二美人鱼。

2013 年 6 月 4 日

井外天雅聚以茶代酒

楼外湖光井外天，清茶当酒亦悠然。
此中佳绝君知否，沙白泉幽在眼前。

2013年6月16日于松啸堂

自注：井外天在黄龙洞，下有白沙泉。

奉和亚辉兄夏日雨后西湖

雨歇湖山风未歇，荷摇润玉晶莹洁。
东坡曾在斯楼饮，半醉时分辞最绝。

2013 年 6 月 25 日于清风明月楼

附童亚辉原玉夏日雨后西湖

薄雾轻开雨初歇，红荷绿映水云洁。
搜肠刮肚无佳句，疑被古人已写绝。

西溪夜饮至醉，悟斋先生送余归，翌晨作

骤雨西溪夏水宽，烟笼草树竹轩寒。
金樽引满千杯少，一醉忘形意未阑。

2013 年 6 月 27 日

附楼炳文和诗

西溪昨夜水云宽，醉看池荷碧带寒。
若向清波倾一盏，金鳞十万共扶阑。

奉和明庐先生仿富春山居图题诗

风月富春堪卧游，扁舟一叶几经秋。
江山赖有才人写，胜景焉能付水流。

2013 年 7 月 13 日于润园

附明庐原玉

水色山光似旧游，画图一卷阅千秋。
当年结屋人何在，但见春江万古流。

癸巳六月初七万松岭麓雅集

万松岭上起松风，挥笔奔雷胆气雄。
妙手成书皆大巧，行间岂止十年功。

2013 年 7 月 15 日于松啸堂

癸巳大暑夜钱塘江畔赏月

抬头顿见玉盘悬，风静偏逢下水船。
今夜钱塘江上月，清辉洒向万家圆。

2013 年 7 月 22 日（阴历六月十五，大暑）

自注：下水船，顺水下驶之船，亦喻人文思敏捷。

寿明庐先生七十

痴书擅画冠群伦，澄澈心源接古人。
七十雄关横健笔，毫端所向自成春。

2013年9月4日

题西湖畔彼岸花

酴醾白玉已成空，彼岸花开耀眼红。
惆怅千年犹隔叶，难忘最是桂堂东。

2013 年 9 月 11 日

癸巳中秋前两日兰社雅聚即景

湖畔金秋皆画廊，龙蛇健笔写华章。
有缘兰社驻兰苑，芳圃深藏国色香。

2013年9月18日于西子湖畔

自注：兰苑有朱德题写“国色香”匾牌。

癸巳中秋阳台小酌观月

坐对钱江看月升，蟾蜍一出气澄清。
举家小酌阳台上，波映行舟别有情。

2013 年 9 月 19 日于清风明月楼

步韵奉和加元吟兄草堂小聚

酒胆诗肠伴月高，秋风过耳起松涛。
文人抵掌论天下，莫笑佯狂扪虱豪。

2013年9月26日深夜

附加元吟兄原玉草堂小聚

八月西湖秋正高，草堂论剑似崩涛。
从来逸士忧家国，不折弓腰气自豪。

霜降翌晨见庭中桂花口占

霜降时分不见霜，中庭满眼桂花黄。
杭州九月金风爽，袖手犹藏一瓣香。

2013 年 10 月 24 日晨于润园

赠德国来宾

小引：柏林－勃兰登堡州普鲁士协会主席弗克·恰普克来访。我以德国啤酒款待，他自云曾是啤酒酿酒师，邀我有机会去德国品酒。临别以斗方“道圆德方”相贻。

酿酒生涯独擅场，浅尝我亦愿充行。
千杯相约何为凭，临别贻君一斗方。

2013年10月25日晨

迟桂花

迟桂重开二度芳，西湖十月胜春阳。
翁家山上翁家女，老郁当年曾断肠。

2013 年 10 月 28 日晨桂花树下偶得

自注：郁达夫有小说名作《迟桂花》。

记者节应邀参加美术报创刊二十周年集体合影

一

秃笔曾耕斯美田，剖肝沥血十三年。
片云不带仰天去，合照苍颜亦淡然。

二

美在斯文出砚田，诗余笔墨可终年。
南山路上闹中静，秋日凭轩倍粲然。

2013年11月8日于西子湖畔松啸堂

自注：余1996年至2009年在美术报供职凡13年。另，余老家台门名砚田。

南宋三咏

八卦田

小引：玉皇山下有南宋籍田，呈八卦状，曰八卦田，至今犹存。王平兄来访，同往便餐。

紫来洞里可观天，籍礼犹存八卦田。
冬日晴和阳气足，农家小酌近湖边。

御街遗址

都会豪奢十万家，御街向晚柳烟斜。
香糕砖密空留迹，不见当年玉树花。

自注：御街细砖竖向密铺，曰香糕砖。

南宋画院

翰林画学树高标，耽艺徽宗不早朝。
八百年前风雅事，南山路上更妖娆。

2013 年 11 月 28 日于松啸堂

题敦煌艺术大展卧佛

玉皇山麓迴无尘，八部天龙卧佛新。
礼拜香光同一揖，眉头已见十分春。

2013年12月21日于松啸堂

自注：浙江美术馆于12月28日举行“敦煌艺术大展”，在中央大厅复制展示莫高窟第158窟卧佛，长13.6米，高5米。

赴俄罗斯吉尔吉斯斯坦考察临行即兴

冬至三清气独清，王门笔墨益纵横。
霞觞容我倾千斗，首访青莲碎叶城。

2013 年 12 月 22 日

自注：癸巳冬至参加王冬龄老师策展三清上“书视界”活动，余亦有三幅作品参展，后连夜赶赴浦东机场，出访首站比什凯克，附近 60 公里处即为李白出生地碎叶城。

附楼炳文和诗舜威兄出访吉尔吉斯斯坦于浦东机场发来一绝遥次

银翼九霄云气清，昆仑俯瞰各纵横。
知君今欲览西域，尽是唐人一旧城。

元旦提前挥写甲午马，炳文兄见之以预呼快马云笺上先借新春翰墨中相酬，诚可谓知者也

烟景堪追快马风，书生挥笔墨轩中。
莫言市骏求千里，伏枥犹能一啸雄。

2014 年 1 月 1 日

晨起凭窗观钱塘江

一

船披晓雾浪淘沙，坐对钱江阅岁华。
何日中流同载酒，新词一曲到天涯。

二

风过苇丛荡细澜，轩窗江水两相看。
钱潮路上往来客，今世应知同渡难。

三

日出钱江红胜火，往来尽是五湖船。
劲风正赖齐心发，海阔无涯浪拍天。

2014 年 1 月 10 日于润园清风明月楼

马年将至为风儿生日作

龙驹积健为谁雄，骏骨神姿自不同。
伏枥逢时腾跃去，浮尘一洗快哉风。

2014 年 1 月 14 日于西子湖畔

腊月十七聚饮湘湖，兴尽而返，把卷夜读，不觉酣睡，半夜醒来，内子笑曰 ：君真不胜酒力，应服老矣！翌晨戏步古人酒边诗，以酬内子（八选三）

和范成大

冬暖湘湖花信风，衰颜又向酒边红。
话多因遇知心友，不觉瓷壶早已空。

附范成大《酒边二首》其一

团扇香中袅袅风，断肠声里看羞红。
不须过处催干盏，听彻歌头盏自空。

和陈著

快风又送客槎来，相约留欢池上杯。
好酒泥封陈已久，与君大醉百千回。

附陈著《酒边》

茶瓯才退酒杯来，酒兴浓时杯复杯。
也须留取三分醒，要带明月清风回。

和楼钥

衰龄应作白云归，虚度华年并不痴。
酒后癫狂君莫笑，赤松原是牧羊儿。

自注：牧羊儿，指传说中的仙人黄初平，亦称赤松子，因其牧羊遇仙而出世修炼，故称。李白诗云：金华牧羊儿，乃是紫烟客。

附楼钥《酒边戏作》

未年六十已言归，七十重来自觉痴。
未报君恩归未许，樽前羞听摸鱼儿。

2014年1月18日于平闲堂

十年前曾与王伯敏先生湖畔酬唱，承蒙教正，今先生乘鹤西归，诵读当年诗稿，不胜感慨

万木红飘一叶秋，半唐斋作赤松游。
南山梅鹤今犹在，天上人间结邈悠。

2014年1月19日

自注：邈悠，李梦阳《春曲》：“芳草遍旧畿，山川邈悠哉。”

谢客惠酒

一

卅载茅台味若何，未尝已醉意婆娑。
邀君月下成三影，松动来扶共啸歌。

二

越客携来酒一坛，持杯顿觉水天宽。
凤凰岭下幽深处，醉里烟云恣意看。

2014 年 1 月 25 日于清风明月楼

甲午正月十一内子同学三家藕香居雅聚

雪里芭蕉非梦幻，杯中莲藕自生香。
湖山春色今宵起，两代风华笑语长。

2014年2月11日晨于清风明月楼

自注：王维画不拘四时，有雪中芭蕉图。

附池沙鸿兄和诗和平闲堂主藕香居雅聚

三族团圆瑞雪暖，四两囫囵醺语香。
借得同窗鼓琴瑟，南屏晚钟和久长。

甲午正月十三凑句于湖畔

雨中赏梅

一

又到江南春雨时，寒中相遇亦相知。
赏梅何必求香雪，堂上枝枝皆是诗。

二

参差玉色粉痕新，雨洗寒枝绝俗尘。
丽质倩谁留画本，风中摇曳已生春。

三

红黄嫩白竞芳华，竹里斜枝最可夸。
淋湿新衣浑不觉，忘情雨里赏梅花。

2014 年 2 月 16 日

西湖人物吟

苏东坡

处处苏堤此最佳，吟诗饮酒放形骸。
湖山胜景君行遍，踏破人生几两鞋。

白居易

江上琵琶犹在耳，西湖琴瑟宦怀清。
白堤原是前人筑，太守留名别有情。

林和靖

最忆孤山处士家，和风朗月照梅花。
冲天一鹤排云上，直令千秋徒慕嗟。

张煌言

大厦将倾独木支，良臣赴命国危时。
临刑笑谓河山好，西子湖头百载师。

苏小小

西泠桥畔一亭风，小小芳魂水月中。
犹记同心松柏结，香车油壁已难逢。

黄宾虹

水濛濛里墨团团，真识相期五十年。
葛岭丹台灵气在，宾虹原是画中仙。

2014 年 2 月 26 日、27 日

晨起散步湖畔，见鸢尾花玉姿动人，遂成一绝

玉立湖边吐暗芳，翩翩鸢尾泛鹅黄。
谁能解得花间语，微醉薰风水殿香。

2014 年 5 月 3 日

贺悟斋冬龄师大小由之展（三选二）

一

龙虫二妙并皆雕，咫尺精微神韵饶。
小楷看家谁敌手，萧萧细雨写芭蕉。

二

妖娆墨色自倾城，散草乌丝分外明。
精彩满堂花欲醉，银钩脉脉寄幽情。

2014 年 6 月 21 日于平闲堂雨窗

星云大师一笔字书法展在浙江美术馆开幕

天教般若扫红尘，一笔清风四季春。
始信杭州千佛地，星云照处悟禅真。

2014年9月19日

平安夜参加书非书策展会暨悟斋夫子生日宴，旋又赶赴同事雅集，复赶回美术馆陪同许江、范迪安两位院长观展，得暇书平安二字翌晨再赋一诗不教一日闲过也

初过冬至不知寒，共对清樽此夕欢。
莫道书非书法道，与君今夜两平安。

2014 年 12 月 25 日晨起作

彭明榜兄熬夜看拙著书法矛盾之美大样感而有作

如山积稿案头灯，不寐今宵又夙兴。
天下痴迷君与我，书香融尽玉壶冰。

2015 年 1 月 23 日

贺三石楼主曾宓先生书为道展览

三石楼高势万端，云图奇崛起波澜。
闲情偶寄书为道，倍觉仙风换骨丹。

2015 年 4 月 28 日

步韵亚辉兄西湖四季吟

春

白堤踏罢踏苏堤，嫩绿丛中乳燕飞。
游客如云天色好，和风三月乱穿衣。

夏

翠滴荷花日渐长，湖边无处不飘香。
扁舟载酒三山去，蒿动清波水殿凉。

秋

万柳吾偏迷五柳，湖光未老鬓先秋。
长桥伫立松风起，一任浮云山脊流。

冬

南山谁卧北窗风，八面烟云一视同。
多少英雄成旧事，宁为龟尾曳涂中。

2015 年 3 月 18 日

乙未春分前二日下班途中见雁阵从钱塘江上空飞过

一

雁阵中天一线开，御风向北待秋回。
芦洲水暖堪稍驻，举首但闻群羽催。

二

春绿江南雁北归，凭栏极目送余晖。
人间何物同生死，老翅长教泪湿衣。

三

长驱千里不离群，振翅相呼气薄云。
送别江干天已暮，吟哦搔首独思君。

四

长空一线细如丝，正是冥鸿再举时。
肃肃雍雍为底事，天高地厚自心知。

2015 年 3 月 19 日—20 日

自注:《诗经》云“鸿雁于飞，肃肃其羽”“雍雍鸣雁，旭日始旦”。又云“有来雍雍，至止肃肃”。《周礼》引先秦逸诗“肃肃雍雍”。

青龙山庄雅聚有作

湖山爽气聚青龙，酣醉狂歌唱大风。
白日黄鸡人未老，座中越女亦称雄。

2015 年 8 月 14 日晨

再用前韵

登临似欲驾飞龙，襟抱能抟九万风。
四顾腰间无尺剑，擎杯一醉决雌雄。

2015 年 8 月 16 日

乙未七月初八紫荆书画苑雅聚巧遇老领导徐志纯先生，忆及二十二年前他任副省长时视察诸暨，余以市委常委、宣传部长身份作陪，席间得六字评语：酒仙、诗人、部长。重提此事，握手莞尔，口号一绝

良箴六字听犹新，紫苑重逢倍觉亲。
自笑宦途非我属，酒仙依旧是诗人。

2015 年 8 月 21 日

自注：徐志纯（1937——2017），曾任浙江省人民政府副省长、省人大常委会副主任。

三石楼主造纸造字书法展观后

字由意造任挥毫，笺出东瀛斗薛涛。
此老童心犹未泯，狂书满壁足称豪。

2015 年 8 月 28 日于润园

午间聚饮上阳台客以东坡传相贻遂有作

湖山一览上阳台，太白乘风共举杯。
闻道东坡今尚在，快哉羽客九天来。

2015年9月19日平闲堂于湖畔

清晨散步穿行桂雨口号

扑面深黄复浅黄，润园无树不飘香。
亦知满陇花枝好，桂雨楼前任我狂。

2015 年 9 月 21 日晨起作

寒露叶尚青先生来访并赠所著中国花鸟画史

寒露湖山叶尚青，烟波寥廓寂无声。
闲情岂止寄花鸟，画史千年著始成。

2015 年 10 月 9 日

题水南半隐

半隐湖山水岸南，秋空孤月印三潭。
无根兰蕙芳魂苦，心史留痕意未甘。

2015 年 10 月 14 日

乙未霜降后一日悟斋先生席间赐新著十卷

座中谁不立王门，十卷宏文能破昏。
散草从来无定则，乱书惊世笑昆仑。

2015 年 10 月 25 日于润园清风明月楼

钱瘦铁钱大礼叔侄联展开幕在即
拜访九旬画翁钱大礼先生

钱塘王气满衣冠，瘦铁嶙峋画里看。
文脉绵延传大礼，寻常菜果入毫端。

2015 年 11 月 10 日

自注：钱大礼先生以擅长画瓜果蔬菜而驰名。

题蔚然文心书画展

十月西湖未觉寒，画屏环壁得天然。
文心雕琢见佳妙，犹记当年翰墨船。

2015 年 11 月 24 日晚浦东旅次

自注：明代西湖上有“不系舟”，为书画名家、才子佳人云集之所。

题叶尚青先生至乐条幅

至乐忘情信笔游，尽收眼底是杭州。
衰年变法惟玄道，艺境天成得自由。

2015 年 12 月 10 日

题任道斌先生富春云烟图

富春景物世间奇，笔底神游意转痴。
借问山居何处去，闲云一片最相宜。

2016年1月9日晨起作

陆维钊先生赠送埃乌琴·博巴书法条幅入藏旋赠浙江美术馆

西风一脉入湖山，最是难忘博训班。
五十四年挥手处，至今犹见墨斑斑。

2016 年 1 月 26 日

后记：埃乌琴·博巴（Eugen Popa，1919—1996），罗马尼亚艺术家，应邀于1960年至1962年间在浙江美术学院举办油画训练班，史称“博训版”。1962年博巴回国前夕，浙江美术学院油画系请陆维钊先生写书法赠送博巴。因缘际会，这件书法时隔54年后重回西子湖畔。

立春雅聚有作

春到黄龙饮正欢，暖云一片挂眉端。
月明此夜年俱少，相约期颐意未阑。

2016年2月4日

正月初七清晨冒雪上班欣见美术馆一树红梅

春色江南各不同，欣逢雪后十分红。
清香犹带秾华气，皓质称奇立晚风。

2016年2月14日

丙申雨水水南半隐雅聚有作

和风送雨洗春容，半隐此中花色浓。
无酒岂能称雅聚，朦胧醉越北高峰。

2016 年 2 月 19 日

丙申春分夜饮般若精舍

不酣不醉不言禅，每与杯中结佛缘。
记取春分风起夜，挥毫泼墨共谈玄。

2016 年 3 月 21 日晨起作

丙申上巳湖畔赏柳

绝爱风光三月初，柳垂水面细如梳。
碧虚絮舞人堪乐，一角湖山慰索居。

2016年4月9日（农历三月三）于松啸堂

寻访黄龙禅寺旧址遇鹅

三鹅竹里自成群，宛若翩翩鹤在云。
初遇相迎如故友，高歌曲项亦欣欣。

2016 年 4 月 10 日

七年前植树天子岭今已亭亭如盖再与妻共植香樟以作结缡三十周年纪念

嘉时嘉会植嘉木，如盖香樟手自栽。
相看青山两不厌，再留余荫待将来。

2016 年 4 月 11 日

题万松留云

小引：浙江美术馆地处万松岭，馆内长松群立，朝暮倾听松风，陶冶心性，即题“万松留云”作为美术馆员工书画活动室斋号。

万松清响静中闻，盘屈幽贞总不群。
莫问珍藏何所有，且看风起一湖云。

2016 年 4 月 13 日

丙申四月廿一夜萧山野渡沙龙谈禅

野渡同舟亦有缘，平生回首漫如烟。
今宵忽觉湘湖好，满座人皆解坐禅。

2016 年 5 月 28 日于润园

参加省书协评委会天子岭年会有作

江山指点意纵横，笔墨浓枯任品评。
天子岭头容一醉，书坛激浊自扬清。

2016年6月2日于润园

自注：时余任省书协副主席、省书协评论委员会主任。

赴省中医院探望九旬画翁钱大礼先生

倚床惦念是湖山，针灸推拿犹解颜。
相约诗书同写此，病房小住亦闲闲。

2016年6月14日于湖畔

题寿崇德先生艺术展

凤门谁敢题凡鸟，偏向新安借一峰。
夏日湖边人聚处，又逢寿者倚长松。

2016年7月15日

附记：凤门，寿崇德乃吕凤子弟子。新安，寿崇德先生长期任教于建德严州师范，以画新安江水电站驰名。寿者，潘天寿，寿崇德先生捐赠浙江美术馆与潘天寿先生合作《松石图》，崇德先生写松，潘老补石。

题心香飞梦傅狷夫艺术特展

飞梦心香云水身，苍茫笔墨任天真。
归来应识南山路，醉卧华堂忆故人。

2016 年 7 月 19 日

附记：开幕式前西湖琴社社长徐君跃现场演奏古琴曲《忆故人》。

携诸暨同山烧与傅励生昆仲伉俪夜饮清水湾

相约流觞清水湾，乡情难忘是南山。
千杯痛饮犹嫌少，家国今宵飞梦还。

2016 年 7 月 20 日

有感于傅家四次捐赠艺术品再赠励生兄

沧海何曾断地脉，一池浓墨太平洋。
傅家山水傅家样，留与湖山作典藏。

2016 年 7 月 21 日晨起作

自注：首句借自苏轼。

陈峰兄为我刻就明月楼快哉风闲章即兴有作

明月楼

最是钱塘明月楼，凭栏烟雨看浮鸥。
兴来铺纸写江景，笔墨闲情作胜游。

快哉风

月明浙水快哉风，目送归鸿意未穷。
呼酒呼船呼笔砚，今宵一醉大江东。

2016 年 7 月 26 日凌晨

题汉风藏韵佛像展

我闻如是万千佛，一笑拈花总有因。
空色色空俱幻影，菩提无树见真身。

2016 年 8 月 17 日

杭州国画院周岁志贺

四季临湖一望青，云烟襟袖画为屏。
往来墨客无虚日，百代难忘一岁星。

2016年8月18日于浙江美术馆

清晨妻子邀余同游孤山，偶遇六一泉，归而诵读苏轼泉铭，感而有作

孤山何幸有斯泉，人共云烟百世传。
半壁危亭留迹处，三贤羽化已登仙。

2016 年 8 月 29 日

第三届兰社双年展融合开幕

气合神融一笔收，秋高兰社又逢秋。
惊观满壁云烟起，胜日携君更上楼。

2016 年 11 月 16 日

丁酉正月十二望江阁观明公酒后作指画梅石图

望江阁上净无尘，纸上梅花迎早春。
莫道今宵寒意起，枝间颜色逐时新。

2017 年 2 月 8 日

丁酉元宵西溪赏月

洪钟别业旧亭台，元夜游春亦快哉。
都说西溪风物好，剪裁月色踏歌回。

2017 年 2 月 11 日

丁酉春分前二日新元兄邀水南半隐小酌步郑所南王子猷看竹图韵以酬

此夜西湖水至清，远峰近阁自分明。
同庚相约期颐事，纸上云烟不记名。

2017 年 3 月 18 日

自注：我与王新元兄同生肖。

附郑所南《王子猷看竹图》

秋沁徽之骨亦清，翠光如水漾空明。
只图一见此君面，谁更问人闲姓名。

递交辞职报告请求退休感怀

时清犹觉路行难，一退应知天地宽。
偶见湖山鸥鸟乐，飘飘莫作等闲看。

2017 年 4 月 20 日

退休日亚辉兄以诗相贺次韵

莫叹诗书误此生，酒酣常作踏歌行。
长桥一握两相别，君是前程我后程。

2017 年 5 月 12 日

附童亚辉原玉舜威兄退官相庆

斯生幸结美营生，书道诗途率意行。
今出江湖心自切，吟风醉月又一程。

步韵炳文兄参加省级五大教团体负责人茶会

晓起闲吟仄仄平，宛如诵读法华经。
夏花一任开还谢，心眼虚空俱洞明。

2017年6月8日

附楼炳文兄原玉丁酉芒种后二日参加省级五大教团体负责人茶会感赋

桐荫仓前一水平，延来众硕共参经。
杯茶亦可祛炎燠，天地中和月正明。

题黄曙林兄所摄佛光照

慧眼方能见佛光，庄严妙境启心香。
飞来灵鹫驻何处，人世随缘即道场。

2017 年 6 月 10 日

寄内（五选三）

一

晚境浑如年少时，平闲得得两相宜。
轻抛世务无牵挂，始觉人生应若斯。

2017 年 8 月 20 日

自注：平闲、得得均为余斋号

三

坦腹东床未足奇，上溪枕曲亦何痴。
醒来遍访乡前辈，山拥云门有我师。

五

初生海月映秋江，万里清风各倚窗。
自信冰壶通皓雪，举杯遥酌便成双。

2017 年 8 月 27 日（七夕）

钱江一桥北岸山坡有旧房几楹，据云为茅以升建桥指挥部所在，秋日与大冲章平兄在此小酌口占

秋日登高又一层，凭栏逸兴恣飞腾。
钱潮浩浩东流去，把酒共怀茅以升。

2017 年 8 月 27 日

丁酉七月廿五晚与诸君聚饮水南半隐醉后作

水南半隐喜吟松，映月三潭起好风。
莫问今宵谁共醉，人人脸带夕阳红。

2017 年 9 月 15 日

丁酉八月初八湖边赏荷偶得

骤雨初停荷滚珠，娉婷欲醉倩谁扶。
浆篙划破水中碧，泼喇惊鱼入画图。

2017 年 9 月 27 日

丁酉寒露急就步韵明公观潮一绝

寒露惊秋玉漏迢，相思万里酒中消。
盐官久别恐添堵，醉梦何曾忘信潮。

2017 年 10 月 8 日

附明公原玉观潮戏作

倾城压岸望迢迢，海雨天风气渐消。
惊起飞涛来驱疾，江潮竟自胜人潮。

奉和友人咏钱江潮次韵

挟海铺江第几湾，归来缓缓貌如闲。
转头顿觉眼前暗，扑面狂涛拥万山。

2017 年 10 月 8 日

次韵亚辉兄兰社般若精舍雅聚有作

皓月临江且少留，钱塘隔日过中秋。
兰亭禊帖传千载，未及痴狂般若楼。

2017 年 10 月 8 日

附亚辉兄原玉中秋隔日李威精舍兰社团聚兴怀以记

拼将时序一宵留，不负团圞漫醉秋。
莫笑衰翁轻酒力，豪情依旧撼威楼。

丁酉八月廿二聚饮水南半隐有作

丹桂浮香细雨含，挥毫酒后气犹酣。
西湖何处无欢饮，今夜秋思落水南。

2017 年 10 月 12 日

丁酉腊八列席省政协会议见玉皇山雪意有作

雪意偏浓腊八辰，华堂嘉会倍清新。
叨陪未敢虚前席，只觉风来两鬓春。

再用前韵

雪落湖山感此辰，新知旧雨眼前新。
满堂精彩雷声动，已见花开不待春。

2018年1月24日于玉皇山庄

玉皇山赏雪

一

听雪不眠过五更，平明又向玉皇行。
林中打坐无寒意，瑞气融和春已生。

二

拥衾起坐感幽沉，夜半偷观雪浅深。
十载难逢真快事，此中能识古人心。

2018 年 1 月 27 日晨起作

紫来洞踏雪

玉皇初访雪重重，鸟迹无踪觅鹤踪。
紫气千年凝一洞，流连最是此奇峰。

2018 年 1 月 28 日

丁酉腊月十三省政协会闭幕前在大会堂台阶偶遇道慈大和尚用白乐天赠鸟窠和尚韵

一

下车遥见堂前立，晤面便如听诵经。
仓促未曾聊数语，慈光已足一时醒。

二

无人能伴老僧行，偶遇聊堪慰别情。
即佛即心心即佛，且凭愿力立修名。

2018年1月30日于清风明月楼

惊闻选堂先生化鹤有作

百岁过三无尽期，春回恰是化冰时。
赖君绝学传正统，从此西泠谁掌旗。

2018 年 2 月 6 日于平闲堂

再挽饶公，依梦天原韵

诗余难得是丹青，笔墨云烟入杳冥。
万卷人间传不朽，浮生未必若浮萍。

2018 年 2 月 7 日凌晨 1 时于平闲堂

附饶宗颐原玉梦天

夜梦扪天万叠青，驰魂何远叩冥冥。
千年走马人间世，但觉乾坤水上萍。

戊戌雨水晨起读章太炎先生诗试步其韵

白发青山一梦惊，晓鸡伴我送残更。
江湖满地随它去，静坐林中气独清。

2018 年 2 月 19 日（雨水）

附章太炎《玉山吟社席上即事》

题注：发表于 1924 年

唾壶击破转心惊，弹指苍茫景物更。
满地江湖吾尚在，棋枰声里俟河清。

戊戌夏至夜水南半隐听琴

一

夏夜水南遮碧云，琴中浙派几回闻。
醉渔唱晚令人醉，听罢心弦更识君。

二

陶令无弦君有弦，手挥便觉绝尘缘。
空林归鸟喧犹静，一任余音绕野烟。

三

最喜琴中有酒狂，清茶反作是霞觞。
刘伶恨不同时代，曲里依稀醉百场。

四

隐隐云韶起水滨，今宵权作洞中人。
老牛不解指间法，只觉声声爽我神。

五

日永荫繁夏至时，拂尘开匣自相知。
流泉溅处鸿惊起，今夜谁堪继子期。

2018 年 6 月 22 日

雨巷旧宅闻曹宇弹广陵散感吟

小引：戊戌六月二十九日夜，献文兄招饮雨巷旧宅。饮前听曹宇弹琴三曲，尤以广陵散动我心魄。翌晨吟四绝为纪。

一

一曲广陵何处传，只知陶令抚无弦。
今宵忽觉琴中意，三日绕梁疑宿缘。

二

高韵清音何处寻，广陵止息匣中琴。
感君今夜指间语，慰我蹉跎江海心。

三

嵇康慨叹于今绝，涕泪纵横气浩然。
此曲余音千载后，矛戈激越复堪怜。

四

七月秋风尚未寒，遭逢尘浊始知难。
借琴洗耳西湖畔，雨巷清幽彻夜弹。

2018 年 8 月 11 日

雨巷雅聚席间听郭献文兄朗诵戴望舒雨巷

雨里含愁幽巷长，风中偶遇是丁香。
诗人叹咏留千古，一诵今宵醉百觞。

2018 年 8 月 11 日（农历七月初一）

听杜如松雪意断桥

小引：清晨花园散步，杜如松先生发来他演奏的《雪意断桥》视频，即打开欣赏，曲毕诗成，未加推敲，奉呈如松兄一粲。

七月浮空瑞雪飘，天庭澄澈听长箫。
如松如竹皆如玉，载酒迎风过断桥。

2018 年 8 月 14 日

酬林剑丹先生赐名章

艺林独抱岁寒姿，金石霜毫无不宜。
方寸规模天地外，知君篆刻大精奇。

2019 年 1 月 3 日

戊戌腊月廿六与悟斋先生诸师友雅聚孤山一片云翌晨宿醉醒来有作

相聚孤山一片云，兴来泼墨任酣醺。
梦中犹作狂歌醉，放鹤亭前鸾鹤群。

2019 年 2 月 1 日

观临帖示儿

一

笔墨每从胸臆发，心门开处石门开。
摹形更欲求摹骨，腕底渊源有自来。

二

偷得馀闲晤古人，龙蛇隐约贵天真。
入门乞取百家饭，无意求新始出新。

2019 年 2 月 9 日

追和文彦博追和

忍将万事抛身外，赢得浮生杯酒中。
除却诗囊无长物，山间最爱一瓢风。

2019 年 3 月 14 日戏作

自注：“一瓢风”，典出蔡邕《琴操》：“许由无杯器，常以手捧水，人以一瓢遗之。由操饮毕，以瓢挂树。风吹树，瓢动，历历有声。由以为烦扰，遂取捐之。”宋代释正觉偈云：“苏秦尝佩六国印，许由还厌一瓢风。”

附文彦博原玉追和

销磨岁月功名内，检束身心礼法中。
除却高阳诗酒伴，人间谁解惜春风。

觉苑雅集舟中作

小引：觉苑清舍运河春江花月夜诗歌雅集适逢公历生日

画舫凌波春气浓，开怀满座快哉风。
运河两岸景何限，不负良辰不负公。

2019 年 4 月 27 日

参加徐志摩读书会揭牌仪式并书赠不带走一片云彩条幅

从容归去化云烟，仙鹤摩天亦淡然。
留得诗书遗泽在，苍颜童稚共相传。

2019 年 5 月 4 日

王平仕彬大海诸友来访聚饮，兴酣而作

人生快意我心知，旧雨钱塘欢聚时。
往事陈年堪佐酒，茅台微醉最相宜。

2019 年 7 月 21 日

酬王新元兄赐刻湖上饮者闲章

金樽饮尽即无忧，诗酒生涯前世修。
一叶扁舟湖上醉，随波伴我是闲鸥。

2019 年 7 月 28 日

附明庐和诗次韵平闲君

醉倒西湖莫用忧，此中乐事是前修。
狂来一扫管城子，恰似临波自在鸥。

2019 年 7 月 28 日

己亥立秋前夜径山竹林山庄和悟斋先生乐清平有伦诸师友雅聚

一

残暑径山云自幽，好风伴我竹林游。
胸襟逢酒便开阔，醉梦人生何所求。

二

偷闲山里学安禅，面壁忘机合自然。
世事苍茫谁管得，杯中能继竹林贤。

2019 年 8 月 8 日

十载

一

十年忙碌竟无成，告老还乡百感生。
所幸友朋皆好酒，相逢便以玉樽迎。

二

十载西湖不系舟，眼前风景未曾游。
余生容我追汗漫，醉里诗书处处留。

三

十载台风今又来，雨声萧飒自悠哉。
闭门不管眼前事，静寂心泉已洞开。

2019 年 8 月 9 日

附记：今日是浙江美术馆开馆 10 周年纪念日，10 年前的今天受台风“莫拉克”影响，今天则台风“利奇马”登陆在即，虽巧合，亦奇事也。10 年一晃而过，大有物是人非之叹，难免生出一些感慨来，吟诗三首，聊发一叹。

己亥八月初四晚聚饮般若精舍为管建平兄书管领风骚

何物人间能管领，无非美酒与诗书。
今宵狂饮楼台上，醉后风骚自如如。

2019 年 9 月 2 日

与达堂闲藤诸友聚饮小和山

挚友相逢一破颜，开怀狂饮小和山。
当年在座俱年少，白发擎杯意未闲。

2019年9月7日

题王冬龄先生大笔挥写醉杭州

西湖载酒任浮游，白露无霜值好秋。
书道纵横皆大道，兴来落笔醉杭州。

2019 年 9 月 8 日

游富春山居静坐有得

静坐春江得自如，无营无虑是山居。
桂香扑鼻幽深处，昔日大痴曾结庐。

2019 年 9 月 10 日

己亥八月十三闲鹤兄招饮黄龙座中皆四海侨领开怀畅饮归而有作

一饮开怀四海同，乾坤百斗是豪雄。
悄声相约再重聚，醉卧黄龙唱大风。

2019 年 9 月 11 日

己亥八月十七吴山雅集步韵佐文吟兄咏钱江潮

一

席卷如山天地动，奔腾万马得其神。
三千步外衣衫湿，此处净空无浊尘。

二

谁驾扁舟荡月波，举杯我欲醉姮娥。
钱塘墨客无长物，江上秋风起棹歌。

三

潮消潮涨百无功，春睡草堂藏卧龙。
天下三分成一笑，每教后世气盈胸。

2019 年 9 月 16 日

附尚佐文兄原玉咏钱江潮

一

奔涌雷霆江气势，往来天地海精神。
凌风欲挽钱塘水，一洗人间万斛尘。

二

江上波追天上波，可堪海若慕嫦娥。
更邀风伯助声势，齐向秋空发浩歌。

三

推迁深仰化工功，巨浪曾经遏祖龙。
莫憾平居不见海，早融海魄入心胸。

己亥八月十九日雅聚钱塘江畔
天元大厦花园餐厅开怀畅饮尽欢而别

浊酒千杯何足论，天元一子定乾坤。
今宵只说开心事，势若钱潮任吐吞。

2019 年 9 月 18 日

八月廿五夜闲鹤兄招饮知味观与旧雨新知狂饮而归翌晨醒来得句

知味人生不觉难，无非狂醉享余欢。
今宵酒醒天依旧，蝴蝶梦中如是观。

2019 年 9 月 24 日

题西湖鸳鸯

一

逍遥容与弄清波，云影山光任荡摩。
拊翼浮游浑一体，倾心交颈乐如何。

二

情为何物何须问，应羡鸳鸯比翼游。
四季水云知冷暖，朝朝暮暮任沉浮。

2019 年 11 月 30 日

题西湖野鸭

一

不慕江湖空阔游，清波寂寞度春秋。
心知冷暖何须说，萧散犹如水上鸥。

二

闯荡江湖非不能，烟波契阔岂无凭。
羽毛自爱常梳理，垂柳斜阳一片澄。

2019 年 12 月 1 日

友人远行途中闻浙派古琴雅集遂发雅吟步韵

湖山雅集琴三弄，古曲幽微怀远人。
千里竟能闻妙响，只缘都是水云身。

2019 年 12 月 13 日

己亥冬至与明庐闲藤小酌望江阁酒后写福

雨落湖山久不停，觥筹醉语却清醒。
起身挥写百千福，世事纷纷独忘形。

2019 年 12 月 22 日冬至

附明庐原玉次韵平闲君己亥冬至与明庐闲藤小酌望江阁酒后写福

席上传杯酒莫停，几人沉醉几人醒。
兴来驱笔千家福，毕竟忘形即我形。

兰亭书法社成立八周年水南半隐换届雅集友人有寄步韵

一

我本天生耽酒人，杯块垒便怡神。
何当共饮山阴道，醉墨淋漓任此身。

二

长啸临觞怀远人，兰亭兴会自通神。
湖山笔阵因风起，半隐水南非隐身。

2019 年 12 月 28 日

己亥腊月十六聚饮湖畔以钱起清风高兴得湖山分韵得风字

良辰应许酒壶空，管领湖山有好风。
兴起畅谈家国事，醉翁毕竟是诗翁。

2020 年 1 月 10 日

腊月廿五参加省文联会议口号

一

崇文尚德贵清真，气聚武林迎好春。
济济群英延毕至，逸情天付与斯人。

二

青山咬定守初心，顿觉清风吹我襟。
向晚湖光分外好，春回暖律可追寻。

2020 年 1 月 19 日于浙江展览馆

闻浙江最强医疗队驰援武汉慨然有作

一

疫区此去即疆场，天使三千意激昂。
我欲因之空洒泪，身无一技枉为郎。

二

毅然剪发惜分离，千日养兵方用时。
无暇壮行杯酒别，钱塘杨柳数归期。

三

医生岂忍作家居，疫疠横行待扫除。
武汉黎民经水火，何当极目楚天舒。

2020年2月14日晨起作

步韵明公题松山图

闲人终日隐林泉，陶令无弦胜有弦。
闻道杯中祛疫疠，松风伴我瓮间眠。

2020 年 3 月 5 日

附明公原玉：题松山图

天籁隐隐出鸣泉，何必临流更理弦。
日暖人慵须中酒，三生石上抱琴眠。

步韵明公惊蛰戏作

天工大巧为谁裁，静到幽微声若雷。
惊蛰龙蛇齐出洞，百虫卷土亦重来。

2020年3月15日

附明庐原玉惊蛰戏作

天公犹自有疏裁，惊蛰居然不动雷。
借取春风新手法，家家门上送晴来。

咏湖畔海棠

春暮花开寂寞红，娇娆过眼总成空。
几番愁绪无人会，星转西楼任晚风。

2020 年 3 月 19 日

题湖山双禽

一

情为何物众禽知，比翼双飞尚绕枝。
自古湖山佳绝处，呢喃低语吐新词。

二

春在枝梢百啭鸣，翩翩双羽自倾城。
高低上下随君舞，偶发会心求偶声。

三

繁花千树压钱塘，三月新莺同一腔。
最是鸳鸯戏清水，悠然交颈自成双。

四

垂柳云遮苏白堤，游人如织草萋萋。
百禽惯看东风面，热闹场中亦乱啼。

五

池头双鸟为谁忙，柳底花丛比翼香。
最是夜深枝上宿，疏星几点照红妆。

2020 年 4 月 2 日

步韵郭献文兄题杜高杰伉俪写生照

嫩紫殷红意欲狂，谁随蜂蝶采花忙。
鹅溪春色浩无际，笔底拈来一段香。

2020 年 4 月 14 日

附郭献文原玉读杜老师书画新作并与白老师踏春留照谨奉

杜公聊发少年狂，傍柳依花采句忙。
乘兴归来更挥墨，果然红袖可添香。

题梨园讲堂匾额后随吟

闻道梨园景物新，莺啼风醉濯清尘。
阳春一曲乡思起，把酒微醺妙入神。

2020 年 4 月 19 日

自注：“梨园讲堂”在浙江艺术职业学院。

奉答献文吟长白露西溪夜饮见寄

半载暌离白露生，湖山分隔亦含情。
凭窗极目迎鸿雁，始觉今宵月最明。

2020 年 9 月 8 日

附郭献文原玉庚子白露西溪夜饮罢见舜兄旅澳归国隔离次日新作适明月如水再赠

玉露金风今又逢，蒹葭采采易生情。
河山总是自家好，江月依然故乡明。

庚子中秋前一日应郭献文社长招与王翼奇杜高杰黄振中诸先生聚饮，余忝列其中，大家戏称为觉苑五老

觉苑深深晴愈好，中秋丹桂隔帘香。
老来偏爱畅怀饮，风月高谈兴味长。

2020 年 9 月 30 日

桂雨山房小聚感吟

两度因缘桂语房，归来终不负秋光。
闲翁逢酒亦忙碌，记取樽前金粟黄。

2020 年 10 月 12 日

兰社双年展开幕以康字得句

一

益寿延年赖杜康，湖山自古是仙乡。
此中极乐知何事，肝胆开张翰墨场。

二

粗茶淡饭亦安康，唯觉壶中岁月长。
无事廓然诚所贵，回眸自笑少时狂。

2020 年 10 月 15 日

自注：本届双年展以“全民健康·全面小康”为主题。

兰亭书法社双年展与加元吟兄久别重逢握手叙旧承蒙见赐步韵奉和

花前觅句每思君，应信诗书出化钧。
久别重逢当痛饮，乾坤一握慰情亲。

2020 年 10 月 16 日

再用前韵奉答加元吟兄

踏遍青山识使君，自然妙道入陶钧。
暮年趣味诗书里，池畔长随鸥鹭亲。

2020 年 10 月 17 日

附陈加元先生原玉

为与斯兄邂逅照题诗

庚子年来未见君，重逢一握重千钧。
得知彼此皆康健，相对无言胜有亲。

2020 年 10 月 16 日

再用前韵

掌上时常读到君，乾坤在握力千钧。
犹看酒后冲天气，字里行间更觉亲。

2020 年 10 月 17 日

自注：掌上，微信也

庚子九月初四夜管建平兄招饮以阮元藏北宋巨砚见示叹为天物试研挥毫尽欢而散翌日得句

一

补天灵石落人间，唯叹才疏眼力悭。
却喜砚池如月满，新磨古墨写秋山。

二

人生消得几方砚，此物千年犹未穿。
多少桑田沧海事，毫端历历起云烟。

三

茅台饮罢赏奇珍，砚出元丰貌若新。
乘醉研磨添逸气，今宵落墨自通神。

四

端溪名石世间稀，此砚圆浑散月辉。
咳唾成珠生异色，今宵梦里复依依。

五

怀古元丰别有情，莫言湖畔起秋声。
挥毫宜写百千幅，独领风骚管建平。

2020 年 10 月 21 日

次韵奉和明公题旧作达摩图

面壁十年安此身，红尘世界未沾尘。
共修般若已心会，五叶花开作好春。

2020 年 11 月 25 日凌晨 4 时

附明公原玉题旧作达摩图

想象当时佛样身，心头曾不著微尘。
重逢别是开青眼，来度人间第二春。

自注：31 年前（1989 年）戏作，流传外地，为友人拍得。

西溪观音精舍觉苑雅集随吟

闻道西溪远俗尘，观音精舍更清新。
寻常野水三摩地，满座俱为自在人。

2020年11月26日于观音精舍

步韵友人咏沙孟海先生诞辰一百二十周年

文若罗珠矍铄翁，字如北海气盈胸。
两番甲子音容在，千载书坛一巨龙。

2020 年 11 月 28 日

庚子冬至雅集有作并呈王冬龄先生

一

湖畔晴明似小春，黄龙又是一番新。
书家泼墨过冬至，满座俱为有福人。

二

艺坛祭酒大王风，现代书非书绝雄。
十八年来行我素，悟斋独立一仙翁。

自注：王冬龄先生创立现代书法中心18年，举办4届“书非书”现代书法展。

三

文人谁不善飞觞，落笔墨香融酒香。
工拙随心何必问，今宵欢聚夜偏长。

四

一条路即一家人，德不孤兮必有邻。
四海归心成大道，挥毫便觉是长春。

2020 年 12 月 22 日

自注：《钱江晚报》邀请 12 位书家书写 12 个真善美的新闻故事，我遵嘱书写“一条街，一家人，释放人间光芒”。

西湖四时诗

春

凤凰山麓动春风，画阁参差苍翠中。
绝美丹青收不尽，红花绿树又相逢。

夏

夏日西湖晚韵长，柳莺声里芰荷香。
蓬莱三岛流连处，邀约共倾醉羽觞。

秋

落叶南山满地秋，梧桐树老不言愁。
丹青何处开新境，笑语盈盈上画楼。

冬

最是湖心堪赏雪，水天一色了无形。
扁舟载酒且停驻，几点新梅入画屏。

2020 年 12 月 25 日

湖上咏风花雪月

风

浩然千里快哉风，海运图南六月中。
直上九霄非本意，秋冬春夏将无同。

花

湖山信美独徘徊，四季名花次第开。
容我写生且痛饮，丹青一幅酒三杯。

雪

赏雪湖心不免痴，孤山正是探梅时。
乾坤一片苍茫色，携客登楼把酒卮。

月

阴晴圆缺亦寻常，月在心中自亮堂。
有幸此生成伴侣，天长地久永无疆。

2020 年 12 月 26 日

奉答友人元旦有寄

一年又过一年新，常与梅兰作近邻。
梦里逢君忘久别，谈诗论画正青春。

2021 年 1 月 2 日

写于陈蔡同宗前贤蔡元培先生诞辰一百五十三周年

皆云世上再无君，风气百年期日新。
北大红楼犹未改，就中何处觅完人。

2021 年 1 月 11 日

自注：蔡元培先生祖籍诸暨陈蔡下蔡，与余同村。余本姓蔡，10 岁时过继姑父、姑妈后改姓斯。按《暨阳孝义蔡氏宗谱历代排行字递》“祥伟开光，钊洪林立”，蔡元培先生为“钊”字，余“立”字。

附楼炳文唱和

遍问天涯俱识君，尧乡君后日更新。
若云风气从斯起，吾辈皆为北大人。

步韵闲雨兄题香港商报社杭州分址

笔端能御万重浪，肝胆交辉日月光。
吞吐乾坤浩然气，酒龙诗虎集华堂。

2021 年 1 月 12 日晚聚饮后即兴

附闲雨兄原玉题香港商报社杭州分址

笔随万丈钱塘浪，文衬三潭印月光。
坐爱白沙风景异，一轮丽日满书堂。

庚子冬月二十九日夜应闲鹤兄招聚饮茗尚小厨酒酣回家寄诸饮友

小厨简陋客盈门，土菜偏宜倾玉樽。
最爱钱塘深巷里，寻常月色醉无痕。

2021 年 1 月 12 日

附樵夫和诗庚子冬月二十九日夜应闲鹤兄招聚饮茗尚小厨，见平闲堂七绝有感，步其韵

寻常陋巷比朱门，时令生鲜斗绿樽。
尤喜江风添酒趣，邻翁对饮月留痕。

庚子腊八前二日蒙净慈寺方丈戒清大和尚馈饷腊八粥有感

端坐菩提成道初，果鲜供佛得如如。
欣逢腊八享天禄，净寺香烟信不虚。

2021年1月18日

附钱伟强和诗奉和斯平闲先生腊八粥诗

循墙却忆鬻饘初，欲饭胡麻骨不如。
我亦沿门托钵客，西林空寄一瓢虚。

七律

辛卯寒露后二日金溪山庄雅聚

金溪寒露桂流芳，红酒羽觞映画堂。
十景新描湖上鹤，三生幸识坐中郎。
挥毫顿觉书风健，相面方知气概昂。
握别酡颜犹未退，挑灯醉写十三行。

2011 年 10 月 13 日于玉皇山麓

孤山寄友

初冬梅屿雨霏霏，空里流寒雪暗飞。
结伴东庭观舞鹤，独行西壁赏珍稀。
文澜击节奇书古，楼外浅尝莼鳜肥。
一诺诗书描万柳，湖山翘首待君归。

2011年12月13日

友人馈赠龙井新茶以诗相酬

春来最是雨晴天，龙井新茶清谷前。
雀舌淳甘回味久，鹅黄润郁色香全。
醒神恰好消残酒，明目方宜起宿眠。
难得正宗节令物，浅尝慢品欲成仙。

2013 年 3 月 28 日晨

自注：雨晴天，江南春天，忽晴忽雨，最宜茶事。周权：“花事匆匆弹指顷，人家寒食雨晴天”。

附楼炳文和诗

片影携来云雾天，狮峰梅坞立窗前。
初逢但觉西湖小，久问方知万法全。
百丈清泠雨后至，一重幽寂碗中眠。
尘心洗却振衣起，恰似人间第九仙。

奉和炳文兄观海

苇航竞渡江潮涌，两岸群山绿似蓝。
骇兽惊奔齐向北，大鹏怒起独图南。
钱王羽箭势难挡，伍子胥门情那堪。
把酒凭栏俱往矣，开怀谁共坐玄谈。

2013 年 7 月 2 日于松啸堂

附楼炳文原玉观海

信风七月微微起，天水苍茫一色蓝。
鞭指岩礁驰骏骥，枰分黑白列东南。
关山此刻踞如虎，甲午当时悲不堪。
又见昆仑演周易，可期六合共清谈。

和炳文兄登五云山

莫谓秋凉吾道孤，五云聚处揽江湖。
悠闲最是林间鸟，落伍应惭席上儒。
伏虎禅师真有迹，劫余银杏暗投珠。
翁衰已甚步犹健，当贵唯求一事无。

2013 年 9 月 28 日于松啸堂

自注：五云山上有真迹寺，开山祖师为天台宗伏虎志逢禅师。又有树龄 1400 年银杏树，曾遭火劫，今犹健在。

附楼炳文原玉时隔数月复登五云山

我未来时山不孤，左乘江势右襟湖。
天高虫羽修心法，日淡松筠列大儒。
风写奇文三五卷，潭承碧玉万千珠。
林中一石如僧立，似有禅声听却无。

奉答炳文兄贺内子明月生日

楼上初生已得名，华川秀润木兰轻。
春蚕相伴丝无尽，嘉业同行气独清。
有子甘心忙碌碌，忘情偕老共卿卿。
一轮靖照云池彻，我欲擎杯北海倾。

2013 年 11 月 11 日深夜于清风明月楼

附楼炳文原玉贺明月芳辰寄平闲堂

非唯明月作芳名，忆里乔山春雨轻。
初出云门于越阔，已传祖德浦阳清。
两肩黑辫悬三尺，满腹宏才胜九卿。
三十年前天有道，风流从此两相倾。

自注：炳文兄和内子系老乡、同窗。

访韬光寺步觉公原韵

逢巢则止灵峰北，千载登临抚玉栏。
沧海亭台圆落日，丹涯洞穴炼仙丹。
品茶泼墨有常客，论道谈经得静观。
一粒粟堪藏世界，风光留与解人看。

附觉公原玉

世上修行难正法，枉谈佛道独凭栏。
宝瓶灌顶空空性，辟谷河车幻幻丹。
一气黄芽长命酒，七轮白骨有无观。
南翁胡老相离去，落叶西风拭目看。

2013 年 11 月 13 日

自注：觉公，梅墨生（1960—2019）。画家，诗人，理论家。

雅聚金溪适明庐先生七十晋二酒酣高歌

金溪福满溢津梁，笔势回牛鬓未霜。
椿寿千龄能食气，霞觞百斗自生香。
倾情画院鸿图永，挥写湖山墨韵长。
满座春风同聚首，一双高烛映华堂。

2014 年 1 月 26 日

附楼炳文和诗寿明公七秩晋二华诞次韵舜威兄

金溪妙语说濠梁，龙柏添筹傲雪霜。
巨笔层云风入骨，疏梅淡墨壁生香。
鹅池本比天池阔，月印岂如心印长。
沾得乡缘倾玉沥，白峰日下自堂堂。

附明庐和诗农历腊月廿六生日接舜威炳文贺诗殊愧惶次韵答之

高文谁复识萧梁，七十流年鬓渐霜。
气索奈何声价贱，形劳闲却墨翰香。
壶觞递接论交厚，珠玉飞来宵夜长。
虚度今闻增一岁，暮云愁色满溪堂。

次韵炳文兄晨过葛岭与笼鸟相语

西湖静邃得鲵桓，亦可厮磨亦可餐。
岸柳藏莺啼啭畅，游船映月舞姿宽。
有缘何惧三秋别，无酒焉能十日欢。
纸醉当年佳丽地，金瓯残缺尚偏安。

2014 年 2 月 17 日晚

附楼炳文原玉晨过葛岭与笼鸟相语多时

岭逢笼鸟与盘桓，先问清居后问餐。
梁栋夜闻家国好，春秋晨瞰地天宽。
久摹莺语说新事，或解吾心倾一欢。
子曰三人有师也，原来大隐在临安。

甲午端阳与小奎等友朋及家人聚饮

老友高酣兴不孤，登楼长啸举觞壶。
坐中感慨白司马，泽畔行吟屈大夫。
昔日癫狂今尚在，百年心事席间无。
此生当活三千岁，乘醉门悬九节蒲。

2014 年 6 月 2 日于清风明月楼

黄宾虹先生诞辰一百五十周年感赋

墨团团里画图开，气压东南亦壮哉。
怪石参差缘水出，层云聚散绕峰来。
案前濡染千山雨，笔底传闻万壑雷。
绝品休言无赏者，百年而后识宏才。

2014 年 7 月 2 日于西子湖畔

与明公夜饮有作

夏夜宴开湖畔东，原浆陈酒月明中。
西泠旧事成新语，画学书生变艺翁。
七十延徒人各异，四家题字意相通。
春风座上情忘醉，一片天真似幼童。

2014 年 8 月 4 日于润园

自注：明公七十岁创立杭州国画院，院名集苏黄米蔡四家而成。

附明公和诗次韵答舜威夜饮湖上见寄

归来莫辨路西东，已付生涯杯酒中。
快活如君真足健，衰扶惭我竟成翁。
阮郎哭处途非绝，嵇子殇时道未通。
若使平明愁又醒，杏花村去问牧童。

浙江美术馆开馆五周年感赋

画学流风此最尊，艺专文脉更思存。
平成一馆苍茫气，云聚千年水墨村。
万轴山藏生大美，三吴龙泽忆深恩。
钱塘本是空灵地，又向丹青论国魂。

2014 年 8 月 9 日

客次富阳步罗隐丁亥岁作

秋日犹思一寄梅，劫余炼就不然灰。
富春暮送扁舟去，鹳鸟晨迎爽气来。
何处达夫留健笔，分明海外起惊雷。
长天碧净如新洗，隐隐云中卷轴开。

2014 年 8 月 29 日于鹳山

附罗隐《丁亥岁作》

病想医门渴望梅，十年心地仅成灰。
早知世事长如此，自是孤寒不合来。
谷畔气浓高蔽日，蛰边声暖乍闻雷。
满城桃李君看取，一一还从旧处开。

步韵陈与义感怀

入世难逃名利场，得鱼何必泣龙阳。
狂随青鸟游天外，醉与白云归帝乡。
浊酒从来多浊泪，柔情自合结柔肠。
文人只管书窗事，对客休空北海觞。

2014 年 9 月 15 日于润园

附陈与义《感怀》

少日急名翰墨场，只今扶杖送斜阳。
青青草木浮元气，渺渺山河接故乡。
作吏不妨三折臂，搜诗空费九回肠。
子房与我同羁旅，世事千般酒一觞。

步韵顾村言兄怀黄裳先生

饱览芳菲不负春，东南胜景只逡巡。
曾经覆地翻天梦，又见桑田沧海尘。
三代家风求淡泊，一生立德贵清真。
绝怜湖畔好山色，笔墨留痕气亦峋。

2015 年 4 月 1 日凌晨四时披衣作

附村言兄原玉

不见裳翁又一春，小楼夜雨燕来巡。
锦帆远去吴淞水，翠墨犹遗青浦尘。
榆下银鱼文字趣，妆台灯影性情真。
泣抛红豆悲无尽，再谒河东骨自峋。

亚辉兄约湖畔小聚适读王阳明诗步韵以呈

带雨秋声起四郊，无心愤世作吟嘲。
朝逢天竺烟霞客，暮结西泠金石交。
爽气三分来笔底，风神百丈上眉梢。
今宵愿约通宵醉，浊酒未能轻掷抛。

2015 年 10 月 7 日值班遣兴

附王阳明《游瑞华二首》其一

题注：庐陵诗。正德庚午三月迁户陵尹作。

簿领终年未出郊，此行聊解俗人嘲。
忧时有志怀先达，作县无能愧旧交。
松古尚存经雪干，竹高还长拂云梢。
溪山处处堪行乐，正是浮名未易抛。

自注：正德庚午为1510年，迄今505年矣。

步韵明公见示

渐觉年来梦已稀，湖山况味与谁期。
登临浩叹无人会，饮罢胡言不自知。
南亩犁闲荒废久，东篱菊老暮归迟。
雪融相约探梅去，敢向风前觅一枝。

2016 年 1 月 29 日

附明庐原玉十二月十八日过浙江美术馆赠斯舜威

百年人事数犹稀，输却春风一日期。
满室幽兰皆后辈，三生顽石是先知。
野云作乱翻身早，绮阁重阴得月迟。
记取今来携手处，雪消墙角有梅枝。

丙申元日值班步范成大丙申元日诗遣兴

何事劳心空自忙，欲医俗骨愧无方。
一钱便可沽春酒，两鬓安能拒雪霜。
最喜凭窗临旧迹，尤宜开户觅梅香。
此生消得几丸墨，藉以远离声利场。

2016年2月8日

附范大成《丙申元日安福寺礼塔》

岭梅蜀柳笑人忙，岁岁椒盘各异方。
耳畔逢人无鲁语，鬓边随我是吴霜。
新年后饮屠苏酒，故事先然窣堵香。
石笋新街好行乐，与民同处且逢场。

瓶中杨柳付梓感吟

空色色空心豁然，瓶中杨柳火中莲。
难穷沙数恒河里，不绝香华绣佛前。
无事徐行便觅句，有闲静坐即安禅。
杀青百卷意犹壮，未敢轻言说草玄。

2016 年 2 月 28 日

自注：“火中莲”语出《维摩经》：“火中生莲华，是可谓希有。在欲而行禅，稀有亦如是”。

附楼炳文和诗次韵并贺舜威兄瓶中杨柳付梓

大王碑字法天然，气象恢恢佛在莲。
人境真儒皆物外，山中白鹤只梅前。
观书不是赏花雨，运笔犹如问老禅。
漫漫恒沙应有数，闲来邀月共谈玄。

珍珠婚纪念日寄内

初调琴瑟水天宽，执手阳春意未阑。
举案齐眉诚雅事，当垆涤器不言难。
三迁最是钱塘秀，五福犹宜衣食安。
相约期颐同白首，粗茶淡饭老来欢。

2016 年 3 月 8 日

步韵史量才先生秋水山庄

小引：史量才为民国报业巨子，于诗也卓然可观，其1934年被暗杀前最后一首诗为作于杭州秋水山庄之七律一首。今日见“秋水山庄”门楣被涂成大黄大红，遭网友吐槽后复又涂成灰色，令人感慨系之，步韵而作，以寄缅怀之情云尔。

岂能俯首向尘埃，一别湖山竟未回。
敢与独裁比高下，空教孤艳守池台。
谁言秋水老将至，应信游云归去来。
门户雌黄涂复改，莲花寂寞悄然开。

2016年3月30日

附史量才原玉《凭栏眺之秋水山庄》

晴光旷渺绝尘埃，丽日封窗晓梦回。
禽语泉声通性命，湖光岚翠绕楼台。
山中岁月无今古，世外风烟空往来。
案上横琴温旧课，卷帘人对牡丹开。

静渊斋炳文兄题松风牡丹图次韵

长松芍药照清流，气压东南十四州。
胜迹良时应有感，高情妙墨更无俦。
乐观朋辈发诗兴，所憾吾侪空醉眸。
明日回乡寻旧事，踏青吹笛倒骑牛。

2016 年 4 月 3 日

附静渊斋炳文兄原玉题松风牡丹图

不居洛邑也风流，借道东南第几州。
一谷清烟如大隐，半湖碧水是朋俦。
紫黄尽脱当时态，田畹堪凝智者眸。
搜得龙云千万本，五峰梦里驾青牛。

余在家做豆腐炳文兄闻之寄以七律步韵

试沥琼浆合有神，入厨我亦不闲身。
恭逢治国调羹好，思效齐家此味真。
已觉衰年难胜酒，始知淡饭最宜人。
回乡地角皆栽豆，晨露新芽便出尘。

2016 年 6 月 12 日晨起作

附炳文兄原玉豆腐

密制佳肴殊费神，百碾千磨加一身。
形其上者始为道，卤未点时孰是真。
七步死生萁豆句，三餐粗淡散闲人。
稠稀香臭咸称善，冷玉冰心不染尘。

次韵觉公梅墨生题傅山展

大明一掬伤心泪，衰世犹能得此贤。
难老泉流肠欲断，霜红叶落苦忧煎。
观书笔墨深如海，品画襟怀气薄天。
有幸江南人尽识，满腔碧血为谁捐。

2016 年 7 月 1 日

附梅墨生原玉闻浙美馆举办傅山专题展

遥望西湖云欲合，万人瞩目向前贤。
曾经一穴霜红卧，肯舍千方父老煎。
幅幅沛然吞四海，篇篇磊落现中天。
黄河以北君高步，数百年来气独捐。

次韵静渊斋观拙作隶书

鹅溪一卷费心裁，帘外林花正笑开。
画苑云烟连草树，湖山晚翠近楼台。
曾忧春日堂堂去，却喜秋光得得来。
皂隶端应书散隶，闲居斗室绝纤埃。

2016 年 10 月 3 日于润园清风明月楼

附静渊斋炳文兄原玉观舜威兄书大隶

蜀笺洛帛任君裁，擘窠方书匝地开。
雪野风生横豹尾，天河水溢灌瑶台。
云如块石夷犹去，酒若钱潮放肆来。
借得巨流观隶势，远山一粒小尘埃。

次韵静渊斋炳文兄丙申白露前五日

醉卧金门直到今，当年立雪可追寻。
秋高正欲放云鹤，渊静偏宜鉴此心。
酒后狂书君莫笑，茶余分韵我难吟。
良宵兴会且酣饮，未觉蛩声已满林。

2016 年 10 月 3 日于清风明月楼

附炳文兄原玉丙申白露前五日于河水弄喜得明庐师舜威兄书静渊斋名两幅

欲就董帷听古今，城南深巷漫相寻。
门联般若寿阳女，河柳悠然高士心。
未抱池鹅右军字，已裁洛纸左思吟。
新秋共赴东篱菊，云在青襟月在林。

六十初度

岁月如斯我自知，临川已觉鹤书迟。
高眠不外一场梦，晓起先吟几句诗。
屋角腊梅初吐蕊，镜中发鬓早成丝。
回归东白清幽处，愿向空林栖故枝。

2017 年 1 月 29 日晨起作

丁酉人日立春步韵赵松雪

人日新春二妙并，我持卮酒喜相迎。
却看天际雾霾尽，已梦池塘嫩草生。
缓引壶觞心未醉，徐行小院眼分明。
初周花甲重头起，一笑湖山何限情。

2017 年 2 月 3 日人日立春于润园清风明月楼

附赵孟頫《人日立春》

今年人日与春并，人得春来喜气迎。
宫柳风微金缕重，御沟冰泮玉鳞生。
阴消已觉余寒散，阳长争看晓日明。
霜鬓彩幡浑不称，强题新句慰羁情。

丁酉三月十六夜水南半隐为刘墉伉俪接风

道是无根却有根，临安梦里旧家园。
门前兰蕙培新土，轩外鱼龙宜子孙。
书卷江山留妙墨，池台风月对清樽。
雷峰夜色正明灭，覆载乾坤文脉存。

2017 年 4 月 13 日晨起作

丁酉三月廿八陪刘墉伉俪游富阳黄公望隐居地适值余六十周岁生日遂步韵大痴道人李成寒林图抒怀

花甲始知行役苦，羡君萧散卧林丘。
松风万壑畅胸臆，竹影一峰醒醉眸。
归去闲情环碧住，兴来诗思绕山流。
春光何计常相伴，泼墨丹青容久留。

2017 年 4 月 24 日深夜

附黄公望《李成寒林图》

六法从来推顾陆，一生今始见营丘。
腕中筋骨元来铁，世上江山尽入眸。
林影有风摧落叶，涧声无雨咽清流。
寒驴骚客吟成未，万壑寒云为尔留。

贺陈加元吟兄一闲集付梓

观君仿佛少年时，七步闲行冰玉姿。
功业一生成定局，风光满目化新诗。
心超物外兴无涘，云聚山前停有期。
何日泛湖乘大白，微波荡漾月迟迟。

2017 年 5 月 9 日于润园

次韵奉答炳文兄因我退休有寄

一

八载耕耘守玉皇，南山云气满雕梁。
传承志在追前代，聚宝心雄揽远方。
惯见烟波千万叠，偶留醉墨两三行。
从今策马天涯去，且别孤峰金石锵。

2017 年 5 月 12 日

二

偶居胜地吾何幸，浪迹西湖心自知。
两宋风流长已矣，九州生气乃如斯。
且寻谢客登山屐，莫负渊明金屈卮。
一啸万松云聚散，摩崖随处可题诗。

2017 年 5 月 13 日

三

浮云常往又常来，五柳门前久已栽。
送酒能教陶令喜，登楼不作仲宣哀。
偶谈今古忧心重，闲话桑麻笑口开。
旧雨新知同雅集，风行纸上莫徘徊。

2017 年 5 月 19 日

附西风钱塘楼炳文兄原玉舜威兄退休有寄

一

湖山辞庙不仓皇，一曲骊歌绕画梁。
王粲登楼言未尽，张芝泼墨意无方。
半程马试五千里，阑夜诗成七八行。
归去书林自扫叶，春风秋雨奏铿锵。

二

廿载文章人共读，满怀风物我颇知。
论书论画诚惟越，观水观山岂若斯。
已择孟邻琴一架，又邀明月酒三卮。
红云晨落钱塘外，正是辋川集后诗。

三

巨书几笔破空来，骨相珍奇前世裁。
岁不平闲叠风雨，人非草木有欢哀。
文成蕉叶书犹绿，月在波心天自开。
寄去梅花三弄曲，期君一日一徘徊。

2017 年 5 月 12 日、13 日

退休日明公以诗相寄炳文兄和之余亦次韵

六十不休何日休，圣人临水叹东流。
莼鲈久待难为却，白发新凋岂可留。
公事已烦忙碌碌，幽情偏喜乐悠悠。
老怀莫谓无安处，万里乾坤一钓舟。

2017 年 5 月 14 日

附明庐金鉴才先生原玉寄平闲君

道是休时却未休，惜将细水付长流。
人情已惯迎来去，天道岂容任挽留。
坐拥平居闲得得，吟临墨海乐悠悠。
天翻地覆微尘事，曾我经过一弄舟。

附楼炳文兄原玉次韵明公寄平闲君

才到中年亦肯休，五湖泛月最风流。
文从清浊辨高下，人借亲疏知去留。
梦旷天涯何落落，云轻雁翼正悠悠。
一痕墨色越溪远，又向真贤浮剡舟。

2017 年 5 月 13 日

参加张瑞田兄策展浙江美术馆举办龙榆生藏文化名人手札展研讨会席间作

词宗海内享嘉名，匣气冲牛百感生。
触目云烟龙虎会，环屏妙笔鬼神惊。
连篇如见披肝胆，隔世犹能识道情。
久久盘桓难舍去，南山路上夜灯明。

2017 年 5 月 23 日

丁酉十月二十与海平于杰良峰诸兄同观潘天寿画展用潘老听天阁韵

满堂墨色寄悲欢，指笔雄强写素纨。
变法每从前辈出，诗书留与后人看。
不堪回首沉冤重，只合横眉天地宽。
默默流连无一语，归来太息意俱阑。

2017 年 12 月 8 日

附潘天寿原玉听天阁

一梦也关醒后欢，耐将呓语续冰纨。
听天楼阁春无限，大陆蛇龙蠹走看。
铁锋回牛蹄语重，墨云飞海砚涛宽。
吟成新结灯花好，皓月当空夜未阑。

丁酉十一月十八与兰社诸同仁水南半隐雅聚

半隐水南开绮筵，拏云人物倍清妍。
最宜挥笔风流地，亦可高歌夜雨天。
无界双年成盛会，有缘胜日即神仙。
金秋再约容酣醉，雅集诗书月正圆。

2018 年 1 月 4 日

步韵静渊炳文兄己亥冬至后一日明公有招

畅饮归来酒未消，逸情宛若浙江潮。
拈毫乘醉写狂草，入梦骑驴过霸桥。
倍觉材疏须问字，方知至乐似闻韶。
今宵雅聚向何处，我与松风共寂寥。

2019 年 12 月 24 日晨起奉和

附静渊斋炳文兄原玉

宋韵吴风意未消，夜邀群彦听钱潮。
欢言今古百千事，久识湖山廿四桥。
木瘦空中书淡墨，雨轻竹上赋虞韶。
天寒时节莫枯坐，毕竟人生不寂寥。

附明公和诗己亥冬至后一日雨夜与诸君子小聚静渊记以诗陈斯二君次韵倡和余于次日午间见之乃戏为续貂

十年陈酿气全消，饮者如趋闹作潮。
一罐茅台成底事，几家豪客渡仙桥。
淋漓醉墨能书福，戏嚎喷茶但举韶。
归去门前犹驻足，漫天烟雨怅空寥。

附陈加元吟兄和诗

昨夜酒浓兴未消，诸君妙语似新潮。
潮声漫向六和塔，诗雨渐迷十五桥。
越水吴山来太古，唐风宋韵自虞韶。
再吟好句须晴日，千里江天尽碧寥。

步韵奉和明公作松山图即兴

留云迎客信无由，岭上松风春复秋。
盘曲枝干栖老鹤，隔空远影送行舟。
清幽月下琴三弄，寂寞梦中诗四愁。
笔底苍烟随意出，鹅溪一卷任悠游。

2020 年 3 月 2 日

附明公原玉作松山图即兴

厚地高天信自由，松间明月几番秋。
逃名客钓春江水，访戴人归雪夜舟。
曾我经过成永忆，倩谁落拓说新愁。
临池见识繁霜鬓，还道春来更远游。

2020 年 3 月 1 日

西溪观音精舍觉苑雅集步韵佐文兄

偶到西溪豁醉眸，轻烟红树荻花秋。
观音精舍连村舍，觉苑兰舟傍钓舟。
争席群英俱博雅，夺袍三子竞风流。
听琴泼墨斜阳下，隐隐波光数点鸥。

2020 年 11 月 27 日

自注：雅集以《南乡子》《生查子》《卜算子》三篇夺锦，故云“三子”

附尚佐文原玉庚子孟冬洪园观音精舍雅集分韵得流乘舟寻诗归来有作

暂放晴光豁远眸，西溪佳致接深秋。
几堆芦雪白分岸，四面水风清入舟。
精舍端宜营雅聚，洪园自昔驻名流。
此间洵乐浑忘返，欲共烟云伴鹭鸥。

寿悟斋先生王冬龄师七十晋五

著述嘉名岁岁增，散翁草法赖传灯。
乱书独运千行雁，大笔逍遥六月鹏。
泼墨长空云尽扫，开襟沧海日初升。
南山路上南山寿，起舞闻鸡龙虎腾。

2020 年 12 月 24 日

附亚辉兄和诗和平闲堂韵，恭祝王师冬令先生七十五寿诞

承祖开宗白发增，总携书道对心灯。
临池凤阙能成虎，秉笔云横欲化鹏。
大散乱书狂有致，悟斋明觉道高升。
王师自合期颐阔，笔底光芒日月腾。

昨夜聚饮辞旧迎新晨起奉答加元吟兄

使君慧眼识行藏，重聚溪山尽百觞。
布谷静波堪载酒，唐仁秣秫正飘香。
封缸应待十年久，践约何妨一日狂。
容我醉中挥斗笔，开门纳福满春光。

2021年1月1日于平闲堂

自注：布谷、唐仁，皆酒乡同山地名。

附陈加元原玉五年前相约在同山烧酒厂再喝一场酒今虽如愿但非原锅饮后有记

同山烧酒早珍藏，相约五年才启缸。
想念已成真味道，相思存久更醇香。
呼朋唤友同为乐，泼墨挥毫共作狂。
莫计茅台和土酿，今来不负好时光。

2020年12月31日

附楼炳文原玉：次韵加元舜威吟长

岁深何物久堪藏，闲与林泉共一觞。
若论辋川存大雅，只因秋雨带泥香。
新成翰墨兴何至，漫卷诗书喜欲狂。
屈指同山启封日，正逢梅雪斗春光。

2021 年 1 月 1 日

自注：六句借少陵诗句。

题水南半隐·渊美术馆

玉在蓝田龙在渊，星移斗转得夤缘。
水南柳绿春方闹，山北梅红雪后妍。
半隐兰心无寸土，行藏馆阁有馀篇。
西湖大美长相守，同泛千年书画船。

2021 年 1 月 27 日晨起作于润园

附楼炳文兄和诗次平闲堂题水南半隐

半坡小筑对文渊，云绕山横皆是缘。
碧出柳堤呼静美，枯排荷阵亦凄妍。
行观西子雨晴色，坐读庄生内外篇。
设若山房浮水上，又增三岛一楼船。

附童亚辉兄和诗和平闲堂，也题水南半隐·渊美术馆

临抱湖山大号渊，笔花为梦墨为缘。
先春柳发三分绿，未岁曦开一点妍。
前世残兰存泪史，后昆风骨写华篇。
藏真旨在藏真谊，把酒呼朋楫艺船。

古体

陆熙兄访长寿村临海宿仙归来，以九十四岁健康老人手编蒲扇相赠，暑天得此，顿觉清风扑面

宿仙寿者编蒲扇，爽气西山徐扑面。酷暑炎炎何惧哉，一摇两腋清泉溅。夏湖水热逼游鱼，竹榻新风添玉宴。此夜闲诗生太虚，他时佳雨随云卷。老人九十尚童颜，百岁犹能吞米饭。木椅自携纳晚凉，笑谈北斗渐移暗。千龄盛世未称奇，况且天台已封禅。陆子冰心我领矣，挥毫泼墨松庭院。

2013 年 7 月 16 日于松啸堂

苏轼谪黄州，作歧亭五首以戒杀，越五百年，袁宗道步原韵和之，再越五百年，余亦续貂以和，以期慈怀之不绝如缕也

席间箸暂停，不忍尝鲜汁。朝行小溪边，但见鱼呴湿。肉食真所鄙，饕餮非所得。天地共生息，乃成当务急。窗下临古帖，瑞脑熏香鸭。心旷四时春，江湖绕烟羃。秫秫酒自酿，小酌面辄赤。客来泛舟去，不知东方白。道逢化鹤客，清风立岸帻。行吟林泽间，何必新亭泣。常怀悲悯心，勿使清景缺。相邀素食者，投缘皆是客。诗书画兼容，合著护生集。

2013年7月17日于松啸堂

附苏轼《岐亭五首》其二

我哀篮中蛤，闭口护残汁。又哀网中鱼，开口吐微湿。刳肠彼交病，过分我何得。相逢未寒温，相劝此最急。不见卢怀慎，烝壶似烝鸭。坐客皆忍笑，髡然发其羃。不见王武子，每食刀羃赤。

琉璃载烝㹠，中有人乳白。卢公信寒陋，衰发得满帻。武子虽豪华，未死神已泣。先生万金璧，护此一蚁缺。一年如一梦，百岁真过客。君无废此篇，严诗编杜集。

蚯蚓石上行歌

小引：花园草地有石径交错，偶见蚯蚓爬行石径上，时有晒干而亡者，不胜感慨。

润园石径何纵横，两侧草坪带露生。晨昏独步寻闲趣，绿叶红花伴我行。林间异鸟声婉转，草下似闻蚯蚓鸣。忽见有蚓爬石上，徒劳盈缩触目惊。草地锄犁从未到，蚓之乐土随所欲。不知何故离旧穴？不知何故自取辱？土沃草肥轻相弃，误入歧途陷危局。呜呼，青石虽宽兮非尔属，大道虽广兮非爬行者涉足。石有缝隙难钻入，石下有泥无缘触。日烈风燥身渐干，躯体渐枯命渐促。我悯蚯蚓不自量，引其归土草丛藏。复见石上多蚓迹，日久已成尘土扬。能救一命凭机缘，未救而逝实可伤。蚓行石上不自觉，转眼幻灭两茫茫。人叹蚯蚓一何愚，置身石径自取灭。蚓笑世人愚更甚，争先石上情何切。莫道人生卑微强于蚓，须知名利之害犹为烈。请君听我石上蚯蚓曲，中有蚯蚓之魂暗呜咽。草木丛，蚓之穴。安居之，毋轻别！

2013年7月29日于润园

大散草堂草书歌

南山路上气堂堂，大者当今散草王。初法金陵林散老，更承沙陆两门墙。学成执教传衣钵，弟子三千各擅场。美国飘然传艺道，中西融合拓书疆。四年孤鹤形飘逸，振翮清声遍异邦。归来水墨开生面，现代书风正当行。最是狂书形独造，寰中环顾意苍茫。丈宣百叠如积雪，画毡铺满篮球场。研墨倾尽西湖水，制笔耗尽湖州羊。红袜凌波万顷浪，如履平地千仞岗。白发飘飘亦妩媚，腾挪叠跃筋骨强。落笔纵横有奇致，逸气雄姿动桅樯。疏处可容万马腾，密处严丝不透光。动如脱兔笔迅捷，静如处子神安详。挑笔鬼神难捉摸，龙尾扶摇薄云霄。古藤下探深谷底，铁树开花立高标。书成快意凌空跳，欲揽星斗共逍遥。巨笔濡墨千斤重，飘风骤雨起虹桥。出神笔法何人授？万物形神皆入草。草圣古来有几人，张芝怀素林散老。茫茫余绪谁堪继？恣意天成书法道。兰社有缘驻兰苑，社长领军阵浩浩。全民书法传书艺，观众如潮齐叫好。兰亭书壁临河序，佳人红酒助逸情。三书庄子逍遥游，展翅大鹏飞南溟。道德五千翻新意，心香一瓣注心经。出新巨幅载书史，震荡乾坤神鬼惊。书迹遍涉五大洲，弘文传道环球行。仁者常春大可为，豪情泻满天汉星。

2013年8月7日初稿于万松岭麓，10月15日改定

自注：大散草堂，王冬龄先生。

次韵亚辉兄咏平闲堂

最羡乃诗虎，平生号酒龙。天高频仰首，气阔任开胸。得失有常势，去来无定踪。三更歌未歇，拂晓饮醒醲。绝意东西府，忘情南北宗。人人争折桂，我独爱哦松。

2015年10月9日晚

附亚辉兄原玉：咏平闲堂

古作鸡斯马，今为奇逸龙。清风翻骏骨，逸气荡襟胸。俗世无伯乐，自怀千里踪。诗文耀日月，豪兴斗千醲。狷介云天薄，心音太古宗。萧散旷士气，寂淡若云松。

P / 256 —— 271

词

行香子·皇觅楼雅聚

雨后清明，波静湖平。绕长堤，游客倾城。议今谈古，书友偕行。闹中偏静，兰亭事，缔新盟。

眼高手稳，拈笔抒情。酒频频，满座春生。一言欢契，赤胆相倾。喜书同道，豪气聚，共襄成。

2011年4月8日于平闲堂

自注：本次雅聚议定成立兰亭书法社。

行香子·观王冬龄先生创作巨幅心经狂草

大笔从容，腾跃如龙。写心经，狂草温雍。
气闲神定，禅意盈丰。色空空色，无牵挂，豁心胸。

满堂豪俊，书友欣逢。墨飘香，气韵相从。
散翁遗法，海老门宗。敢开生面，衍别派，立奇峰。

2011年4月9日

满江红 · 生日蒙炳文兄有寄同韵奉答

无语东流，凭谁说，君如春柳。扁舟横，浣纱垂钓，空知潮候。莫道乡邦多绝色，应知贤哲归岩岫。问史书，隐逸载何人？多遗漏。

牛马命，屠龙手。无人会，且怀袖。念铁崖姬鞋，曾传香酒。墨客身无强国策，文人抱璧徒奔走。未服老，乘醉写春秋，心长久。

2014 年 4 月 28 日（甲午生日翌日）

附炳文兄原玉满江红寄舜威兄

管领风流，看江左、谁为苏柳。天降汝、鸡鸣东白，仲春时候。一卸田泥书万卷，屡观朝日云千岫。五十年、夏屋已渠渠，终无漏。

抛顶带，垂纶手。挥毫墨，回云袖。任双鬓老去，杯中盈酒。洛水奇文今古在，长安苍壁龙蛇走。对明月、一例老情怀，春风久。

2014 年 4 月 27 日

水调歌头·戊戌中秋钱塘赏月抒怀

痛饮一壶酒，江上半分秋。湖山胜处携手，狂啸泛扁舟。何必乘风归去，说甚天堂地狱，此处可勾留。泼墨尽良友，一醉解千忧。

俟潮起，驾云雾，转回眸。前身已到，万事何必苦营求。却喜闲云孤鹤，莫管风吹幡动，静极自风流。放眼乾坤外，容我信天游。

2018年9月24日于钱塘江畔

谒金门·步韵友人见寄，思绪仿佛在天竺灵隐山间耳

杯中渡，扑面慈云法雨。幽寂溪山容我住，曲误何须顾。

四季万花引路，梦里当年澧浦。莫管桑田曾几度，结庐心安处。

2019 年 7 月 4 日

自注：37 年前余曾执教澧浦中学。

浣溪沙·奉和明公庚子立春后一日作

才过立春意便阑，孤松月影满空山。普天难得宅家闲。

楚些萦回江汉上，东风无力破残寒。愁云未散总相干。

2020 年 2 月 5 日

附明公原玉浣溪沙庚子立春后一日作

调罢孤桐兴已阑，眉间解锁数重山。天教享此索居闲。

草色青来如梦懒，风帘卷处亦生寒。待他迟日上阑干。

2020 年 2 月 5 日

浪淘沙令 · 庚子春分（四选二）

一

倦眼渐纷纷，逆旅销魂。天涯寂寞闭蓬门。
异域适逢秋季节，梦里阳春。

何处拂埃尘，云影初分。山川江海竞通津。
莫道固穷且自乐，独善其身。

三

意绪总纷纷，牵动吟魂。却持布鼓过雷门。
望断天涯人已老，无计留春。

万里渺风尘，风月平分。谁人歧路指迷津。
夜饮归来且泼墨，闲处安身。

2020 年 3 月 20 日旅途作

小重山·谷雨

山色清和水色鲜。风吹花雨起，小窗前。静观闲鹤上云天。频回首，欲别更流连。

古越已千年。浣纱成一梦，独临川。右军题字苎萝边。倾杯酒，天地尽浮烟。

2020 年 4 月 19 日

渔家傲·次韵咏孤山

书剑飘零情未了，相逢又觉梅花老。人道孤山仙鹤好。天色晓，西湖聊供诗人傲。

梦里依稀头白早，区区一屋无人扫。杯酒乾坤皆合道。诗客到，唱酬一曲开怀笑。

2020 年 6 月 7 日

哨遍·括道德经

抱一载营，金玉满堂，成物先天地。居善地，守静曰归根，负阴而抱阳冲气。不尚贤，功成身退，天门开阖，上善常如水。天得一而清，无形大象，知常含德能比。治大国如若小鲜炊，我好静而民自知之。易必多难，事事无为，味而无味。

信言无华丽，双足微步行千里。涤除玄览，无之以用有为利。大道甚平夷，孰知其极，人多巧物奇思起。物形势成之，道生成德，归明玄门常闭。弱胜刚强是谓能知，大盈若冲其用如斯，守其雌，万事皆济。人之生也柔兮，天救之慈卫。众人所恶，无尤几道，盈则不如其已。致虚守静物芸芸，道无名，道不争耳。

2020 年 6 月 30 日

翻香令·步韵奉和明公

浮云名利不关身，酒杯可渡出迷津。关山远，沧溟静，夜月生，独与海涯邻。

古人怀德亦怀仁，老夫何让葛天民守常性，居闲地，履修途，闻道可安贫。

2020 年 8 月 14 日

附明公原玉翻香令

夜阑何处着吟身，桃源此去识通津。强秦出，胡尘起，遍宇中，几个算芳邻。

体微黔首即怀仁，吾将斯道觉斯民。地之载，天之覆，苟能公，天下便无贫。

霜叶飞·香园隔离有寄

霜沾秋草。孤山静，亭台浮出尘表。百年名社号西泠，莺啭人更悄。聚饮罢，横舟待晓。梵钟声里双峰小。见映月三潭，绝胜处，波光潋滟，石塔相照。

乡梦万里归来，香园留处，咫尺家门难到。隔离断酒意如何，寂寞盈怀抱。浊雾起，闲愁未了。平生初作千年调。古道边，长亭外，契阔三秋，有惭年少。

2020 年 9 月 16 日于杭州香园酒店

诉衷情令·九溪烟树小聚

九溪烟树逐时新。启樽便逢春。况且旧雨新知，俱是道中人。

丘壑意，水云身。最交亲。良辰美景，叠嶂重峦，瑞气祥云。

2020年12月27日

画堂春·元旦有寄

凤凰台上凤凰池，江南暮雪霏霏。杜鹃常向枕边啼，何日春归。

元旦平闲独酌，隔窗幽赏梅枝。无端忽忆谢玄晖，寄与君知。

2021年1月1日

附楼炳文和词次韵舜威兄画堂春

西湖鹤去剩空池，莲枯收尽烟霏。芦丛夜有子规啼。虫羽咸归。

幸有六花遥至，孤山唤醒梅枝。琉璃水色映晴晖。天上人知。

画堂春·再用前韵奉答友人

冰轮隐约照冰池，岩暝云暗林霏。静中闲听子规啼，何日君归。

画笔酒酣独运，灯前梅竹交枝。馀情横逸寄春晖，我自心知。

2021 年 1 月 2 日

图书在版编目(CIP)数据

湖山高兴:咏杭诗词三百首 / 斯舜威著. -- 北京:中国书籍出版社, 2021.2

ISBN 978-7-5068-8373-3

Ⅰ. ①湖… Ⅱ. ①斯… Ⅲ. ①诗词—作品集—中国—当代 Ⅳ. ① I227

中国版本图书馆 CIP 数据核字 (2021) 第 036251 号

湖山高兴:咏杭诗词三百首

斯舜威 著

责任编辑 王淼
封面题字 王冬龄
责任印制 孙马飞 马芝
书籍设计 孙初 万爽
出版发行 中国书籍出版社
地 址 北京市丰台区三路居路 97 号(邮编:100073)
电 话 (010)52257143(总编室) (010)52257140(发行部)
电子邮箱 eo@chinabp.com.cn
经 销 全国新华书店
印 刷 北京精彩世纪印刷科技有限公司
开 本 889 毫米 ×1194 毫米 1 / 32
印 张 9.5
字 数 172 千字
版 次 2021 年 2 月第 1 版 2021 年 2 月第 1 次印刷
书 号 ISBN 978-7-5068-8373-3
定 价 78.00 元